从这里启程

行走十全

读读看

倷好

序言

邱华栋
中国作协副主席

十全“拾”美有妙文

我曾多次去苏州，每一次都被苏州独特的美所震撼。特别是姑苏古城，实属江南福地，物华天宝，钟灵毓秀。苏州街巷是这座古城的脉搏，十全街又是苏州街巷的代表，苏州的千年文脉也随着这条古街跃动不息，不断焕发新的生机。

十全街，东起葑门安利桥堍，西至人民路三元坊口，全长2004米，至今保持着苏州典型的“两街夹一河”的水城传统规划格局。十全街的“全”字，原来写作“泉水”的“泉”，因街上原有十口井。清乾隆帝南巡苏州，其晚年自号“十全老人”，便把街名改成了十全街，寓意十全十美，既顺应民俗，又祝颂吉祥，自然很受老百姓欢迎。

现今，姑苏区致力于古城的保护与焕新，多年来上下求索，朝乾夕惕，以多年积累的保护发展经验，不断向全国乃至世界贡献出古城保护的苏州方案。近年来，姑苏区围绕把十全街打造成“更具底蕴、更具特色、更具人气的古城保护更新示范街区”的精准定位，完成了十全街“商圈 + 景区”的全方位提质升级，融入大量潮流元素，让古老的历史文化街区焕发生机。同时，遵循传播规律，采用温和放大、稳步推进的工作思路，聚焦年轻群体为核心受众，多方联动各级媒体，把握燃点话题，精心策划主题，分阶段形成宣传矩阵，通过高频率、多形式、持续性的宣传，全力打响“中国有条十全街”文化品牌，让十全街

街巷

桥梁

名人故居

园林景观

寺庙

火爆“出圈”，吸引更多年轻群体走进古城、爱上古城。

2024年6月，十全街焕新亮相。为更好地传播十全街的文化价值，展现街区提质升级中承载的当地文化记忆、文化氛围和人文情怀，姑苏区委宣传部、姑苏区文联、双塔街道办事处开展“在十全 遇见爱”原创征文征集工作，在社会各界引起热烈反响，吸引了广大苏州市民乃至全国各地、海内外文学爱好者的关注支持和广泛参与，并从一千多篇文章中精选了35篇美文，编成了这本征文集。《十全“拾”美》是一本形式创新、颠覆传统，面向青少年、游客和本地读者的“文化+时尚”的悦心读物，提供了丰富、新颖的阅读体验。

本书按照征文作品的主题，分为“情浓十全”“岁月有痕”“古街新韵”“历史回声”“造梦空间”“十全诗笺”六个篇章。其中，“情浓十全”讲述在十全街发生的亲情、友情和爱情故事，“岁月有痕”叙说几代人记忆里十全街的变迁，“古街新韵”展示十全街改造新风貌，“历史回声”将目光投向古老街巷与建筑旧址，“造梦空间”和“十全诗笺”则充满了想象力，将十全街打造成了充满奇幻色彩的“七宝楼台”。珍贵历史档案图片与当代摄影作品穿插其中，众多视觉化元素助力具象传播。书籍以“书中书”的形式，展示精选获奖作品，涵盖散文、诗歌、小说等体裁，同时附赠随书书签“透卡”作为读者实地“City Walk（城市漫步）”并拍照打卡的辅助工具。

漫步如今的十全街，道路两侧高大的法国梧桐浓荫覆盖，非遗工作室里匠人身影忙碌，传统老字号门口客流络绎不绝，姑苏名校里响起传递知识的铃声，咖啡馆散发出氤氲香气，而那些古老的街巷、桥

十全河，
21世纪初

梁、名人故居、园林景观、寺庙，静静伫立在十全街的各个角落，倾听着现代人的故事。

行文至此，感谢所有关心十全街发展、热爱苏州文化的参赛作者和本书读者，感谢“在十全 遇见爱”原创征文大赛所有指导、主办与支持单位，以及本书编委会全体成员。回首过往，组织单位与参赛作者勠力同心，展示十全风貌，赓续古城华章；展望未来，唯愿江南故事历久弥新、代代流传，苏州文学事业走近人民群众，云程发轫，创造辉煌！

漫步如今的十全街

几代人记忆里
十全街的变迁

第一章

第二章

第三章

目录

荷花和莲蓬

QING NONG SHI QUAN

情浓十全

走走走 闻闻闻

有故事的十全街

第一章

在十全，遇见爱——十全在右

韩一蓑

没有想到的是，三十五年后，我竟才真正走完了十全街。

立于街尾，周遭鼎沸的人声在耳边渐隐，白光闪过，我扬起手遮挡，再度睁眼之时，外婆正在收拾炉灶，外公将牛奶、清粥和鸡蛋摆上桌。

我环顾四周，这间从大班开始住了十年的屋子，坐落在三元坊，紧邻十全街口，如今已改头换面，成为江苏省苏州中学校的侧门和公交站台。彼时我七岁，即便如此相近，十全街是什么我并不理解，世界的距离也只有家到学校的那么长。我在十全街的外面。

扎起双马尾推开门，一晃蓝色门牌上的字变形成了“五龙堂”。

狭长不见底的巷子里，读高中的表哥背着吉他哼着歌，踩在青石板砖路上，踩着踩着跑了起来，回头对我喊：“酱汁肉，今天是酱汁肉！”我嗅了嗅，甩起马尾辫不甘落后。院门未落锁，推门的“吱呀”声尚未散去，表哥已经用手抓起一块酱汁肉送入口中。姑姑

南林饭店（园中楼），20 世纪 80 年代初

笑着将他推出厨房："来撒勿及哉！开饭！"十全街于十二岁的我而言，只是这一条充满亲情和美食的巷子。

巷口隐约传来自行车铃声，我循声侧脸，令人眩晕的阳光描绘着梧桐树叶的轮廓，在柏油路上画出墨色影子，车轮飞转，白色衬衣隆起风的形状，抚过腰间别着的银色随身听。少年就这样，每天准时穿过十全街口。而我站在二楼窗边，手握漱口杯，一边捅着牙刷，一边笑意盈盈，因为我知道少年从窗下而过的那几秒，也定是心照不宣地嘴角上扬。那年我十五岁，听大人们说起十全街上酒吧霓虹，我望而却步，视为洪水猛兽，仿佛一旦踏入，就会迷失在光怪陆离的世界，走不出那条街。一如我与少年，教室中他在前座，我在后座，无论怎样彼此知晓，中间始终隔着街口，迈不过去。

“快点下来，勿要磨洋工哉！”一声呼喝，坐在教室的我回过神来，探头向窗外望去，搬家的车辆已在等待，是外公在催促。老楼即将不在，高中堆满的试卷，异地大学背靠的大山，让我和十全街渐行渐远的七年即将开始。至此，哪怕曾经近在咫尺，我终究是没有走进去，我终究还是在外面。

车辆启动，这是最后一次乘从大学所在城市到苏州的长途汽车，我毕业了。实习单位的同事讨论下班去向：“十全街哇！”街口竟然就这样不再横亘，我猝不及防地闯进来了。从此，哗啦啦的麻将声、咿呀呀的爵士乐、世界杯大赛屏幕前叮当当的酒杯响、夜色中叽喳喳的欢笑语，在我耳边回荡了好几年，肆意的青春脚步迟缓，刚刚开始。同事们告诉我：你错过了十全街最鼎盛的时期，太遗憾了。遗憾是会被弥补的，在街角的小店里，昏黄的灯光营造的氤氲氛围中，屏风隔挡的复古小桌间，伴随着咖啡升腾出的雾气不散，我和先生的感情日渐升温。白衣少年穿过街道不再停留，奔向人生另一条分岔路，而我的宽阔大道就在眼前。

吃完常被当作午饭食堂的店铺的叉烧炒饭，我推门走入对面的独立书店，嘈杂声突然就不见了。围坐在木地板上，我听过因莎士比亚衍生出的小提琴演奏；也端着泡有江南碧螺春的茶杯，阅读关于苏州的衣食住行的变迁。当学者老人对十全街兴盛衰落的激情演讲结束，我走出书店，路灯在马路上投出水塘之形，“水塘”边的梧桐被伐去枝桠，秃秃地肃穆地立于街道两旁，一丝风也没有。它们在守卫，无论历史如何来了又去。我突然就热泪盈眶，想要趴在这街道上，拥抱错过、失去和收获。我见过这条街的热闹，也见过这条街的宁静，但依旧没有细细走完它。我看着匍匐在地，正式工作六年、结婚五年的自己：像你的人生吗？总是只见一隅，未知全貌。

翻身醒来，我对先生说：今晚去十全街走走吧。正式地从太湖雪和天伦之乐间开始，用脚步丈量这条街。我看见时间如河般流淌，卷走记忆中的建筑，又留下碎石浅滩的痕迹。从未细细品味它的我，理应不会有这种强烈反应，但我莫名感受到了它复苏重返活力的样子。各色风格的招牌，敞亮又或者深邃的铺子，不时飘出人间烟火的香气。面饭、甜品、烧烤，服装、玩具、潮品，还有熟悉不曾改变的温润玉器。它还是那条热闹又宁静的街，在络绎不绝的脚下延伸。我们路过笔墨纸砚、万康酱菜、摇摆廊光碟，唏嘘那个有阁楼密室的咖啡店不再。先生说没关系，我们还有其他咖啡店，它们在这里、这里和这里，什么风味的都有，我们可以一家家喝过来。五龙堂和梧桐树停在时间缝隙里，而它们之间的堂口在涌动，成为年轻人歇脚聚集、释放压力之地。再往前的凤凰街口，人已多到需要交警来维持秩序。人们脸上没有犹豫，目标明确，就是穿行过去，向下半条街进发。我们随着人潮，去看接下来仍旧新奇的景致。

我突然就释然了：十全街一直在那里，它用表象变化描绘你的思绪。心中有佛才会见佛，你要做的就是跟着时代走下去，在人生恰当的时间点，它就会让你看到你该看到的。无论是已成规模的主街，还是尚待开发的小弄，河水在小桥下静谧流过，你看那些老牌子宾馆，迎来送往，何时关上过门？

我站定脚跟，鼎沸人声复又现，先生说：该回家了，下次再来。

安在十全街的心

邓安庆

百味

豌豆和肉丁

树上的叶片

那些声音、气味

第一回来十全街，已经是十几年前的事情了。那时候我刚到苏州，在浒墅关附近的工业城工作。我没有想到会在工厂里待着，更没想到做着与喜欢的事情毫无关系的工作。我总是找各种借口往外跑，送文件啦，去市区办事情啦，找一切能找的理由，逃离办公室。有一次无意间走到了一条街道，天空落着细雨，街道两旁晕染着湿湿润润的绿意，不同的树有着不同的绿，深深浅浅，人行其下，如在清水泉底。从围墙一侧伸出一树两树淡紫色的泡桐花，有猫如侠客一般蹲在枝桠上眯着眼睛打盹。街道两侧有无数的店铺，让人目不暇接。我真想好好逛一逛，但时间紧迫，只能匆匆离去，而这条街自此在我心中留下了美好的印象。

那时候苏州还没有通地铁，进城只能坐公交车。一到晚上八点，公交车就没有了。所以每一次到了市区，总是分外珍惜去十全街的时光。我一般先去苏州图书馆借一堆书，然后慢慢走到十全街。尤其是春天，风吹得极为舒服，树上的叶片在阳光下闪着嫩绿的光。沿着街道慢慢走，西府海棠开得旺盛，紫丁香的香气袭来。看到附近的居民买了武昌鱼，还有豌豆和肉丁，往那巷子里走，不由得肚子就饿了，于是找一家苏州面馆吃一碗面，心情大好了起来。有时候去昆曲博物馆听完折子戏，也会慢慢走到十全街来。那些声音、气味，多年后还会被勾起来，穿行在柔滑的空气中的那种惬意依旧充溢心间。

到了冬天，晚六点就已黑透，街道空旷，寒风阵阵，十全街的小酒馆外亮着小红灯笼，我忽然想起穆旦的《冬》：

我爱在淡淡的太阳短命的日子，
临窗把喜爱的工作静静做完；
才到下午四点，便又冷又昏黄，
我将用一杯酒灌溉我的心田。
多么快，人生已到严酷的冬天。

此时，记忆碎片经常会翻涌上来：

阴沉天气之下跟朋友在这条街说的话，在旧唱片店里翻找黑胶唱片时的喜悦，下午沿着碧绿的河道走时唱起的一首歌……那一刻让人分外惆怅。

慢慢走到十全街
风吹得极为舒适

美国前总统吉米·卡特一行从网师园出来

1981 年 9 月

这条街承载着我太多的失落、渴望、喜悦……它一直默默接纳着我纷飞的情绪和人生的起落。

在工业城工作两年多后，我辞职到北京工作。再次回苏州已经是十年后的事情了。十年前我在苏州打工，十年后我决定回苏州定居。《天堂电影院》里有一句经典台词：

我一直害怕回来，如今过去这么多年，我以为我更坚强了，我已经忘掉了很多事情，结果我发现我只是回到原点，仿佛从没有离开过，但我看看四周，却什么都认不出来。

十年了，苏州不再是原来的苏州，我也不再是原来的我了。十年前那个在工厂里郁郁寡欢的人，变成了一个努力掌控自己人生的人。过去的工业城已经拆得只留下了一点点。苏州变化之大，让我赞叹不已。尤其是地铁修通，去哪里都非常方便。于是，我特意坐地铁到了魂牵梦绕的十全街。阳光太好了，下午的时间安静而悠长。沿着熟悉的路往下走，曾经熟悉的店铺换了新的一批，而不变的是那些行道树，拢成一片幽静的空间。凉软的风吹动树叶，光斑闪跳，马路那边细细碎碎的人语声此刻也微茫了。十多年前熟悉的感觉又一次回来了，可是我已经不是当年的那个我了。

十全街在我眼中最大的变化，就是咖啡馆多了起来，这对我来说是绝好的消息。我时常背着电脑沿着十全街走，走到我常去的一家咖啡馆，一待就是一下午。每个作家写作的习惯都不相同，有些人喜欢在家里写，没有人打扰；有些人喜欢出来写，咖啡馆里营造出的白噪声，反而更有利于自己静下心来写作。我属于后者。著名作家卡尔·奥韦·克瑙斯高如此描述自己写长篇的情形：

写作占据了我的全部身心，我搬进了写字间，没日没夜地写，抽空儿睡上一个小时。我充满了一种奇妙至极的感觉，火焰在内心燃烧，不灼人也不毁伤，而是冷静、清晰、明亮。在夜里……周围街道一片静谧，我却无法安坐，因为幸福是那样的强烈。

这段话里，如果把写字间换成十全街的咖啡馆，就是我的状态了。

这些年来，我逐渐克服了“我经历了这些，该怎么把它写下来”的冲动，也就是说网师园夜花园（小山丛桂轩），2005 年。

网师园门口东，街边井台，2008 年。

生活要远远大于创作，生活不能沦为写作素材资料库。如此，才能够不那么紧绷地生活。更进一步说，生活提供给创作的不是人生经历构成的情节，而是“百味”。情节可以虚构，内核却是真切的感受，如此才能动人。十全街对我来说就是如此。我很少在自己的作品里提到十全街，但是我的很多作品完成于十全街。在这条街上，这些年来，我不知道来来回回走过多少遍，带过不知多少外地来的朋友骄傲地跟他们

苏州饭店（当时古城区最高层建筑），
20 世纪 70 年代末。

分享。那份感情是如此私密而珍贵，我反而不敢在作品中去写它，更愿意深埋在心底。而今，我已经在苏州定居，这也意味着我与十全街的相伴会有很长的岁月。一想到此，我就安心。谢谢你，十全街。

十全未老，欢喜不怠

何晴

立秋之后，傍晚终于来得早了一点，落日即将隐去，月已升上中天。我站在吴衙桥上，依依西望又东望，一带清水，两岸叠屋，仍是旧时白墙黛瓦，却又毫无窳败之弊。桥埠新设了船码头，晚景渐深时，恰好一艘归舟，从树木掩藏之中悠悠荡荡向我而来……好一幅江南水乡画卷。二十七年了，从青春年少南下姑苏开始，几度春秋，十全未老，见之欢喜。

是那初见之爱。“古宫闲地”“人家枕河”“一川烟草，满城风絮”，多少诗词深埋年少时的江南情结，终在 1997 年如愿求学苏州，从此缘定十全。怀着初遇的雀跃与好奇，时常三五结伴，沉浸在此处九十年代末的日日夜夜：等在葑门始发站，坐 2 路、4 路、501 路穿过整个东十全到凤凰街，站在拥挤的公交车上透过车窗看门面房开铺卸下来的一扇扇门板；吃下第一碗江南细面，酒酿清香的白汤底或浓油赤酱的红汤底，红焖肉白焖肉熏鱼酱爆猪肝等各色苏式浇头择其一二，外加一碟姜丝淋点陈醋；逛遍众多小店，二郎巷口卖夏令莲蓬和煮熟四角老菱的水果店，街头街尾随处可见的外贸转内销品质的服装店、床品店、毛巾店；战胜霓虹灯下的瑟缩，怀揣既想赚钱又能锻炼语言的朴素目标，斗胆去那些老外经常光顾的酒吧问询关于兼职的事儿；喝过深夜街头一碗四块钱附赠小菜的白

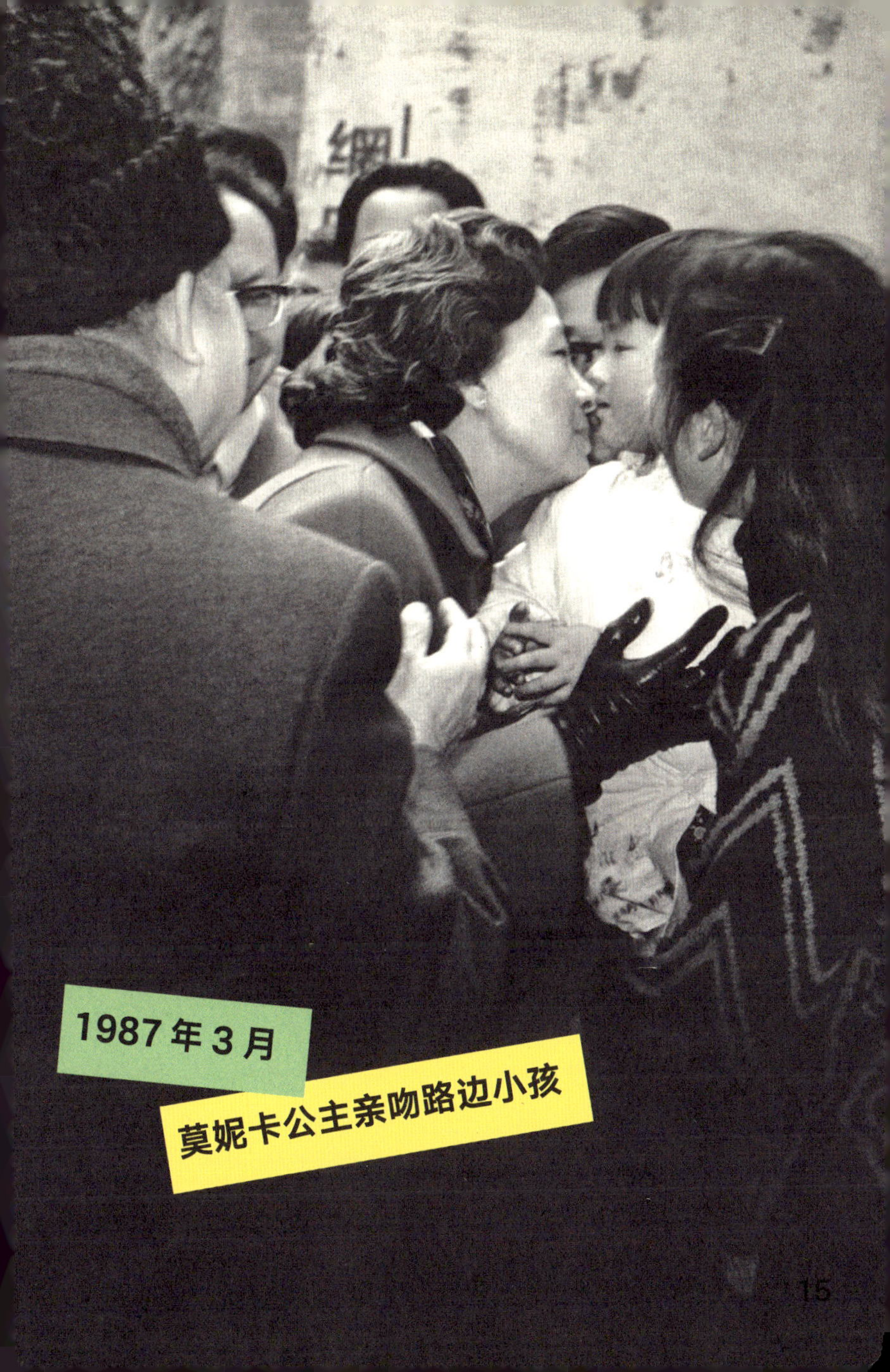

1987年3月

莫妮卡公主亲吻路边小孩

粥，吃过一份八只却吃不完的饺子，饮过一碗簌簌雪下滚烫的羊汤……彼时惘然的点滴，就这样由着光阴慢飨，不知不觉成为与十全初见之爱的最好明证。

是那绵延之爱。百步街尽头百廿年校园里留下的斯年青葱、吴衙桥至帝赐莲桥经年穿行的河阳长巷、街道上春白絮夏浓荫秋蕉叶的梧桐，以及那晴日里，巷子竹竿上高高挑起的衣物、巷道藤椅上晒背闲聊的老人，那雨幕下，被雨水浸渍发亮的条砖、润黑的墙瓦、摇晃的爬山虎叶片、迷蒙的远桥；再是，细数早上摩肩接踵的菜场、中午人满为患的面馆、夜晚沸沸扬扬的广场市集与酒会，还有那“连雨不知春去”的黄梅季、那“迎水地卑湿”比北方还北方的阴冷冬季……这一切日复一日年复一年三十载不绝，织成一张网，网住一世烟火携我流年，绵绵不断！

是那不倦之爱。从吴衙桥头走进那间桥边老咖啡馆，还是喜欢坐河沿露台，在一半静谧一半喧嚣里与十全街隔河相望，暗自审视这如露如电的光阴。十全啊，终是变了很多的！入目拓新的街面、鳞次栉比的店铺、整洁的河沿、更迭的业态、小而美的花境、川流变幻的人群……若不是日日见证，仿若这里与时新生。十全啊，终还是未变！她一边将春秋写在水墨，一边将质朴藏于生活！无有一处，如此这般矛盾而统一，故深爱不倦，不倦她厚载历史又成全现实的深重，不倦她诗酒年华又烟火平凡的自在，不倦她求索不止又世事恒平的稳静！

终究是：十全未老，我亦欢喜不怠。

你的，我的，爱情神话

多肉

十全街，一定是有故事的十全街，这点从我上高中开始就深信不疑。

高一夏日的雨天，从补习班逃课出来，一头扎进湿漉漉的十全街，梧桐树叶遮天蔽日，忧郁又浪漫。2011 年的十全街，咖啡店还不似当下，走二十米就有一家。随手推开的那家，冷气十足，空气里的咖啡香气让人冷静清醒，店里不知名的英文歌曲足以让自诩文艺的中学女生在心中勾勒对于人生的无限遐想。只是当时一定想不到，几年以后的自己会在这附近上班，连婚纱照也是在这条街上拍的。

在那之后的十几年里，和十全街有了太多的羁绊。

工作地点是在一街之隔的十梓街 458 号，无数次午休、下班后为了打发时间，不走大路，穿过如迷宫般的小巷，兜兜转转，总能来到十全街。一路上，看到过身姿婀娜的苏州阿姨提着几样小菜，用一口软糯的苏白和熟人打招呼，三两步又消失在了巷子深处。宅子的围墙都高，偶有蜡梅或是芭蕉探出脑袋，泄露了几分风雅。也见过身形笔直，穿高跟鞋摆

着臭脸走过一整条街的型男，十全街是他的秀场，顿觉灰头土脸的自己像个莽夫。

只要下过几场秋雨，就会迫不及待去买栗子，一定是十全街东头的那家，最好是踩着枯滋作响的梧桐叶，吹着干燥的带点冷意的风。大家都自觉排队，伸长了脖子等栗子出锅。苏州的秋天太短暂了，大家买的不仅是栗子，也是苏州限量供应的秋天。临河的咖啡店是安放情绪的好去处，也是移动的办公室，紧张的思绪会在萃取咖啡的白噪声中慢慢舒缓，心情也随之平静。

我一向认为婚礼是俗不可耐的行为，奈何也无法免俗。婚纱照选了一家十全街的摄影工作室拍，价格不便宜，店里装修复古，服装和配饰的品位都不错，审美全程在线，让容易沦为流水线作业的环节多了一丝温情。婚礼穿的旗袍是在带城桥下塘订的，替代重重的秀禾，旗袍大红的底色、孔雀蓝的滚边、蓝色蝴蝶的盘扣、跳色的葫芦扣，是宽松的款式，婚礼当天踩着平底鞋，健步如飞。尽管如此，结完婚的第二天，毫不夸张，我们两人被婚礼“折磨”得清瘦了几分。当晚，我们坐在滚绣坊的河边，相对无言，默默吃了一份小吃，又拐进小清吧喝了一杯酒，直到杯子里的冰块融化，才从婚礼的琐杂中脱离。望着夜空中的皓月，听着耳边散步居民的三言两语闲话，松了口气，那一刻，更像是属于我们真正的婚礼。

我承认，在婚礼这件事上，和姐妹D相比，我还是懦弱的胆小鬼。D相当勇敢，婚礼当天索性取消了所有繁文缛节，拉上狐朋狗友，来了一场 CITY WALK，活动半径就是十全街一带，她提着婚纱的裙摆带大家喝咖啡，走街串巷拍合影，酷得要命。

2020 年是一个很奇妙的节点，工作单位告别十梓街 458 号，迁到独墅湖边的月亮湾。十全街的新店越开越多，越来越热闹，有一种和恋人分手后，为对方过得好而开心，但又偷偷有些酸楚的感觉。

隔三岔五，大家还是会约去十全街吃饭、喝咖啡、买祥鑫的鸡爪，秋天也还是会去买栗子，比以往买得更多，毕竟要给整个办公室分享。如果运气好，还可以在街上买到放在担子里兜售的金铃子、莲蓬、

佛手，夏日里阿婆会把白兰花、茉莉花用铁丝串好，坐在街角叫卖，花都放在搪瓷盘里，再用白手帕盖好，生怕沾了暑气，香气在高温下扩散得很快。这种时候是没有理由不买的，在写字楼里待久的人，往往会和生活产生一种疏离感。还好，花香是真的，果香也是真的，面对扎实的扑面而来的滚滚红尘，只想贪心地狠狠抓住，直想哭。

对了，十全街的清吧也是和好友联络感情的好去处，昏暗的灯光可以让我们大胆倾诉，释放情绪，反正酒精盛得住谎言和泪水。顺便可以做人类观察员，偷听隔壁桌的八卦，琢磨男男女女如何来回拉扯。哎，其实，熟练的成年人是没意思的，会露出马脚的成年人才有意思。想到了一位十全街的老朋友 A。

A 是十全街的老人了，儒雅的中年男子，有南方男人身上的书卷气。年轻时候追求过 Z 妻子的妹妹，十几年前的事了。和 Z 在街上瞎溜达时，我们无意中遇到了 A，确信他一眼认出了 Z，并想到了曾经喜欢的姑娘。多年未见，满腹的心事稍不克制就要从嘴边溢出来了，心也已经跳到了嗓子眼，手里喝到一半的麦片喝也不是，端着也不是，慌乱得像个小男孩。本身就是内敛的人，一瞬间有点结结巴巴，寒暄得支离破碎，声音也微微有点颤抖。

来来往往的路人在他眼里已经失了焦，终于，他鼓起勇气假装不那么刻意，假装真的是突然想起，提高了音量问：哎，那个谁来着，是你老婆的妹妹是不是！她现在怎么样？Z 说，哦，你说 xxx 啊，她现在 xx！ A 又不甘心，小心翼翼问：那她有孩子了吧？孩子得挺大了吧？Z 答：挺大了，十九了。眼里又激动又带着失落：跟我们孩子差不多大！话音刚落，又觉得有些不合时宜，立马找补问了点别的无关紧要的废话。临分别时，他热热闹闹与我们告别，为了证明自己真的是突然想起她，信誓旦旦承诺，空了一定再去找 Z 下棋。

生活大概就是不断告别，又不断有新的相逢吧，谁知道呢。前几天，路过十全街一家新开的酒吧，店主是曾在央视任职的导演，闲聊问起怎么想起来苏州开店，导演操着一口京腔：我给我媳妇儿开的，她现在人还在国外呢，我先过来监工装修。

你看，关于十全街的爱情神话，每时每刻都在上演。

灯火十全街，邂逅爱与诗

季末

漫步
清澈的晚风
明黄色的花朵
鲜灵的荷花和莲蓬

漫步到十全街是在傍晚。我虽见过她灼灼日光下的姿容，在夜晚相见还是第一回。

微微灰蓝下去的天穹里，一缕甜红的暮光滑动，铺展开旖旎缤纷的天幕，姑苏的粉墙黛瓦在这一背景之下呈现出水墨质感的肌理，在轻纱掩映中，眉目温倦低垂。随着最后一抹天光蜕尽，夜晚的十全街衬在暗蓝绒质的扉页上，点缀着暖金灯光，典雅而流丽。街心的树冠上晃动着银色月亮，微风吹过，仿佛能听见光与影磕碰的声音。在一地半透明的坠影里，许多人来此散步，年轻的上班族、互相搀扶的老人、牵着小狗的女子、欢闹的孩童，他们呼吸着清澈的晚风，三五成群，熙攘热闹。一个老人在手推车上簪满鲜灵的荷花和莲蓬，像把繁盛的夏显现在眼前，无论有没有人购买，他都舒展着温和的笑意。漫步于人潮中，我同所有包裹在平滑夜色里来来往往的行人一起，融入了这座城市脉搏的末梢，在胸腔里缓缓跳动着寂静又轰然的节律。

步行至一条穿过街道的河边，沿河小路一侧的树上挂着成片苏式灯笼，剔透的暖黄光芒同沿河人家的灯火缠织在一起，更显锦簇。这条街连同河水都是明艳的，她曳着一把收拢了各色光线的虹伞，在岸边小楼的白墙上描下浮动变换的、琉璃般的水纹，墙上的那首《送人游吴》便漾在流动的蓝波里，如带水的潋滟目光款款淌过：

君到姑苏见，人家尽枕河。

古宫闲地少，水港小桥多……

而那些悠然行驶于河中的游船更是这幅夜游图中的点睛之笔，它们以古雅的木质围栏和顶篷为衣，每一艘都似穿梭时空而来的梦舟，船头船尾，繁花似锦，明黄色的花朵在灯光的照耀下繁盛得如同春日里最热烈的拥抱，将夜晚的凉意温柔地抖散。小舟悠悠，载着游人穿梭于黛瓦白墙之间，每过一处，都似在轻轻揭开这座城市深藏的秘密，引领着人们一步步深入那些被岁月温柔以待的故事里，探寻着姑苏古城更加深沉与细腻的灵魂。

不知何处有评弹声传来，

“迎水地卑湿”

“连雨不知春去”

吴侬细语软软落下，我驻足聆听，迟迟不忍离去。在十全街，我看见古典与现代交融，烟火气息与雅致美感并存，看见平凡恬淡的生活里，那颗热烈跳动的心脏。在十全街，每一步都踏着历史的回响，每一眼都饱含着生活的诗意。这里不仅是一条街，更是一种生活的态度、一份文化的传承、一处心灵的归宿。在这里，人们得以忘却尘世的喧嚣与纷扰，找到属于自己的爱与美好。

老街不老，因为有爱

朱晋勋

妈妈的老同学回苏州，妈妈非把我一起带上吃饭。到了路口一看，不禁嘟起嘴：“老妈呀，怎么又来十全街？之前跟燕子阿姨她们聚餐就一直来，跟默默姐姐、月月姐姐也是约十全街……”“因为十全——‘食美’呀！”妈妈笑着说，随后故意眉头一皱：“你不喜欢的话，以后我们就不来吃‘小姜锅贴’‘馋佬沛芝士萝卜丝饼’，还有这条街的面包、馄饨、鸡爪、赤豆小圆子等等都再见吧。”我慌忙叫道：“啊，不要！我没说不喜欢！”

吃饭时，我一边望着楼下熙熙攘攘的人群、来来往往的车辆在霓虹灯下穿行，一边听着妈妈和她朋友开心地聊着中学生活。“记得吗？我们那时经常从学校后门出来，穿过一顶小桥，就到十全街上来了。”“对呀，那时最喜欢的是洋洋饺子馆，一口下去满口的汤汁，好多老外也慕名前去。”“那家店后来叫‘洋洋中餐馆’啦，下次我们再去。”“哇，居然还在呀！那音响店呢？放学后一直去买CD的那家。”“也在，可能承载着太多人的回忆和情怀了吧。”“还有那家KTV……”

听着听着，我不禁想：原来，十全街上有妈妈的成长经

十全街，
20 世纪 80 年代

历呀，怪不得她这么喜欢。再一想，十全街又何尝不是我和弟弟的乐园呢？

在弟弟还咿呀学语时，我们一起在街边的树荫下乘凉，在小桥上看河面倒映的粉墙黛瓦和青青杨柳，在各种手工作坊中看精美的玉雕、苏绣、檀香扇等，在大大小小、不同的中西餐饮店里，让心灵与味蕾完美交汇……

过了八点，妈妈说孩子们要睡觉了，就跟老同学告别。妈妈牵着我的手走在路灯下，不时传来音乐声和人们的欢笑声。我问妈妈：“八点了，怎么还这么多人呀？”妈妈笑着说：“估计到九点，人也不少呢。这里紧邻小桥流水人家，有着深厚的文化底蕴，又不乏时尚都市气息，各种网红店铺天盖地，真的是休闲、娱乐、美食、文化一条街。十全街改造后，人行道变宽了，更适合步行游玩；新建的立体停车场也解决了停车难的问题。所以，越来越多的本地、外地人都喜欢来这呀。”我点了点头，笑着说：“有个成语叫‘十全十美’，但不可能十全十美吧。”妈妈坚定地说：“但我相信十全街越来越美，因为我们都爱它，爱这个苏州城。”

我不再答话，默默地想：这个比我岁数大得多的老街，有着这么多热爱它的人，怪不得这么年轻哩！

小巷的人间至味

刘元晞

上下学路上，总要经过十全街，路旁的房屋大多是老式的格局。这条街上小店错落，有日常生活用品店，有特色蛋糕店、餐饮店，还有古玩店、珠宝店，既有传统的老字号，又有网红品牌店。巷口桥头，会有乡下农人进城来卖时令果蔬，那是新鲜诱人的本地食材。无论是复杂多元的商业，抑或自然生长的人间烟火，在十全街上，它们相互糅杂，又异常和谐地生长。

道路两旁，长着成年的法国梧桐、樟树、玉兰和银杏。我们骑车经过时，抬头便是大团的绿，大朵的粉，大片的黄和白。

因着日日相见的缘故，十全街于我，变得熟视无睹了。

那日放学，我又看见了那个熟悉的小摊，依然是那对穿着朴素的老夫妇。他们坐在小小的板凳上，你一口我一口地吃着热气腾腾的桂花糕。正值秋天，云淡人稀，温暖的阳光在洁白的桂花糕上流动，又爬到那布满岁月痕迹的脸上。我被击中了，傻傻地看着。不喜甜食的我，让妈妈停下车，给我买桂花糕吃。

案几上有五六个小小的蒸笼，打开最上面的盖子，热气蒸腾散去，露出粉软可爱的桂

至味
时令果蔬
树上的叶片
热气腾腾的桂花糕

花糕。每一块糕上都点缀了蜂蜜浸泡过的桂花，米粉香混合着桂花的香气飘向了街面。不一会儿，我们的身边就聚集了一圈买桂花糕的人，有情侣，有主妇，也有和我一样的学生。

重新上路，寻常的十全街在我的眼前变得鲜活起来。夕阳的余晖如鱼儿般在屋顶跳跃，有小孩的笑声夹杂着公交车的播报声传来，清清脆脆，丁丁零零的……稍一仰头，撞上了头顶那一团团的墨绿，一捧捧的金黄，桂花开了，它们层层叠叠地晕染开来，香气随风漂流。

在这十全街秋天的午后，我品出了人间的至味。那是一块桂花糕的欢喜，一缕阳光的欢喜，一朵笑容的欢喜，一串丁零的欢喜……

泡桐花
SUI
YUE
YOU
HEN
岁月有痕
走走走
尝尝尝
一碗馄饨
甜

第二章

苏州人心尖上的茶酒楼

甄甄

苏州菜
烹饪高手
可吃的苏州杂志
苏州民间食物的味道

在老一辈苏州人的心中，藏着很多富有年代感的店肆，它们有情感、有故事，更能牵出不少有情有义的人来。这些店肆就像苏州人一样，骨子里自带独特的风韵，地道、淳朴、精细，却始终年轻着，活在每个人的心里。

我有一些上海朋友，无关年龄，每每谈到苏州总有割舍不断的依恋，对美食、方言……“苏州菜勦忒哆哦！”“苏州小娘唔讲起苏州闲话来哈哆！”和上海人接触多了，你会发现他们骨子里深爱着苏州，对“地道苏州味”更是一往情深。如今在苏州能听到周边食客用苏州话交谈的饭店不多了，那些老牌的“松鹤楼”“得月楼”，菜肴里流淌的是苏州味，但却没有了苏州音。所以，越来越多的上海人只为一碗苏式面而来，他们知道去古城的小巷里找，而不是豪华酒店和商场，唯有走进隐于市的街边小店，才能扎在老苏州的淘里，听听正宗的苏州话：“我要重青紧汤搭过桥！”幸好古城并没有被商业淹没，反而有不少地道的街边小店价廉物美，深得人心。

记得小时候很少去外面吃饭。家里媪婆、阿爹烧的家常菜往往是记忆里美食的顶配，似乎周围的小伙伴在回忆美食的时候，经常会谈起姆妈的厨艺是多么的出色，以至于长大后再去高档的餐厅，也找不回小时候姆妈的味道。正因为家里的姆妈媪婆个个都是烹饪高手，老底子苏州人不大会频繁上饭店吃饭，难得出去吃一顿可能会听到：“哦哟～挨葛菜么真正推扳，还呒不我烧葛好吃来！”所以，要在苏州这样一个高手云集的地方开一家让老百姓满意的酒楼，谈何容易？不过，凡事都有例外。马兰头拌香豆腐干、油渣白菜、炒青蚕豆、鲫鱼豆腐汤，这些都是苏州人喜欢的家常菜，可是天天吃日日吃难免想要调剂，难得也要换个口味去饭店

“苏州菜覅忒嗲哦！”“老苏州茶酒楼”

十全街冬雪，
2007年。

里吃上一吃。就这样，苏州城出现了很多在家常菜基础上提高、发展而定型的酒楼。

其中有一爿藏在字里行间的酒楼。也许很多同龄人对这爿店并不熟悉，若说起陆文夫先生，或者《美食家》与这家店的关联，我想大多数人会惊叹：“原来如此！”1995年，陆文夫先生让女儿在苏州十全街开张“老苏州茶酒楼”，并亲撰广告：“小店一爿，呒啥花头。无豪华装修，有姑苏风情；无高级桌椅，有文化氛围。”陆文夫先生曾说过，他创办“老苏州茶酒楼”，就是要把苏州民间食物的味道，还原、荟萃在这里，成为外地人打开苏州的一扇门。当时他正编辑一本《苏州杂志》，把最原生态的苏州一点一点标记到这本杂志中，这家酒楼，则被他称为“可吃的苏州杂志”。

这家店从没辜负过多年来惦记它的吃客，陆老先生的文字淳朴简洁，没有华丽的辞藻，形容词用得不多但巧妙。馆子如其文，装潢简单不失品位，但菜的品质是远高于价格的。也许有一句话说得对：“只有蜕变才能实现人生的大跃进。”如今，“老苏州茶酒楼”又实现了传承与发展并济的华丽转身和完美蜕变。

置身于老苏州茶酒楼，听着食客们用吴侬软语攀谈着：“交关好，菜一只只下去，一只只上来，味道是真葛苏州菜味道……”这里，依然是大家心心念念的那家店。

泉娣的爱

郑凤鸣

我曾经的恋人，现在的妻子泉娣，是钱家门里的长女。因为她父母没有儿子、她五行缺水，所以得了个“钱泉娣”的名字，有点滑稽。

我不喜欢连名搭姓叫她“钱泉娣”，而是叫她“泉娣”。两人私语时昵称她“小泉泉”。苏州读音“钱”“泉”不分，有人在时，就缩掉一个字，成了小“qian”。她说我聪明。

我与泉娣的爱恋婚配，可以说是“十全老人”作伐为媒的成果。

想当年，经人介绍，我在一个酷暑炎夏去相亲，时间、地点记得很清楚，是7月17日，约会在十全街南边的网师园。为了给她留下第一眼的好印象，我内穿休闲汗衫，外穿的确良衬衫，先期到达，等候佳丽。

“的确良”短袖衬衫挺括滑爽，色艳耐穿，当时的价格比棉质布料要贵不少，是一个男子汉帅气的标志。我在殿春簃正襟危坐、静心以待。她却姗姗来迟，令我心焦火辣。

那天热得像蒸笼。看看日头偏了西，但火辣辣地不肯落山。谅她一时半会不会来，我便脱下了衬衫，凉快一下，自由放松起来。哪知她来了个突然袭击，在介绍人的陪同下，悄没声地出现在我身旁，使我措手不及。一俟见面，又不好意思动手套上衬衫，只好就穿

2013 年
南园宾馆吴中谊宫

了那件白色休闲汗衫相亲。

说是休闲汗衫，实质与“老老头汗衫”差不多，白色、无领、无袖边、无体型。已有一部分汗衫贴在了我汗涔涔的身上，也许还有汗味，一副狼狈相。就这样，硬撑着与来宾寒暄、敷衍，既不敢顾影自怜，又不敢抬眼望她……

好在她能慧眼识好男，透过汗衫看本质。虽然我无职、无权、无势又无财，但她还是嫁给了我。婚后我问她怎么看上了穿汗衫相亲的我。她说：“因为我从中看见了一个真实的你。”

按常规，介绍人知趣地借故离开了。没话找话，我说十全街最早的名字是“十泉街”。“井”又称“泉”，据说因这条街上有十口古井而得名。她从介绍人嘴里知道我喜欢街巷文化，于是，我把“的确良”

短袖衬衫穿上，与她一起开始了寻找“十泉”之旅。

十全街依河而筑，迤逦数里，小桥流水、枕河人家，错落有致的房屋，粉墙黛瓦，弥漫着浓浓的姑苏情调。

我们从砖桥、吴衙桥、星造桥、带城桥、船场桥、乌鹊桥、福民桥、帝赐莲桥一路东行。沿街酒吧、歌厅、迪厅、茶馆、咖啡馆的店招霓虹闪烁、满目皆是；古董铺、书画店、工艺品店、鲜花店，一家连着一家；宾馆、饭店、时装店、糕团店、小吃店、糖炒栗子店、水果店、茶叶店、烟纸店也星罗棋布。

我与她从网师园一直走到了葑门大桥，有没有找到砖桥井、吴衙井、星造井、带城井、船场井、乌鹊井、福民井、帝赐莲井、石井和石桥井这十口井不重要，重要的是我有了讲述这些井的故事和传说的机会，施展了我的才华，肯定能在我们的恋爱中加分。

我奉承她：“水为财，你姓钱，名泉娣，一定有旺夫命。”

她解释我名“凤鸣”：“凤”是百鸟之王。“鸣”的本意是鸟兽或昆虫发出的声响、人类喉咙发出的吟唱、乐器弹奏发出的音乐。吉祥。

这就是苏州人说的谈恋爱“荡马路”吧？我真想十全街长些、再长些，几辈子也走不完，好借此与她有更多待在一起的理由。

华灯初上，我们走进了十全街吴衙场的东吴饭店。这是一家有姑苏园林风貌庭院、白墙乌瓦景色幽雅迷人的饭店，中餐师傅的手艺真不错。真应了那句话“关键是与谁在一起吃饭”，心情好，饭菜就香。

时间不早了，我没有小汽车，用两个轮子的自行车送她回家。我当年买的苏州自行车厂生产的“飞鹿”牌自行车。“鹿”者，“乐”也。而且鹿自古以来就被喻为吉祥动物，形象美丽，奔姿优雅，速度迅捷。

26英寸的“飞鹿”自行车美观、轻捷、耐用，后座不高，但是我再骑得怎么慢，泉娣就是怎么也跳不上来。是她矜持吗？还是从来没有上过别的小伙子的车？我心中暗暗得意。

好不容易带了泉娣在十全街兜风，不料刚到带城桥，就被交警拦了下来，教育一番，罚款五元。根据交警的说法，对我们还是比较人性化的。知道我们是恋人，我们也主动认错认罚，所以那位警察叔叔执法态度比较温和。临别还对我开了个玩笑：“保护好你的泉娣，不要把摇钱树弄坏了。”

知足不求全。我与泉娣第一次相识就接受了一次交通法规教育。这没有影响到我们的情绪，也没有影响到我们关系的发展，反而成了留在十全街的美好记忆，留在我们恋爱经历里的记忆，至今还会拿出来相互调侃一番。

婚后我与泉娣还常去网师园，欣赏世界遗产的美景。常去十全街徜徉，感受香香的十全街，浓浓的花香、饭香、墨香、咖啡香。偶尔也去东吴饭店，点几个苏帮菜，吃个便饭。或者走进咖啡店、奶茶店浪漫一下，点上两份甜点、两杯咖啡，有时是两杯奶茶，坐个半晌，回忆回忆网师园的初识，看看十全街的变化。

法国作家拉布吕耶尔在《品格论·论爱慕》里说：“当

一个外貌平凡的女子被人爱上时，这种爱必定是热烈的。”我对泉娣的爱谈不上热烈，但绝对是真。

我们自诩为十全老人，相识在网师园，相知在十全街，相爱在姑苏城，相守在苏州市。可谓十全，知足了、满足了。

一路桨声到十全

黄铭娴

我在乡村度过童年。小时候一直以为“十全街”别名“苏州街”，长辈们每每去这里都只是交代一句“去苏州哉”。故而，十全街在小小的我的心里，是繁华，更是向往。长大一些，探及缘由，才从祖辈的口中知晓，“十全街”也是他们几代人心中最繁华最有苏州味儿的地方。

乡下屋前有一条小河，是村里祖辈通往外界的重要枢纽。上世纪，只有每逢大事，淳朴的乡下人家才会摇着一条木船，穿过一顶顶石拱桥，来到十全街。两侧梧桐在风中招着大手，为字画摊和毛巾厂吆喝揽客，是比乡下劳作更精致的风景。

祖父常说，乡下人吃了没文化的亏，他只念了小学，颇为遗憾。那是一个寒冬腊月的日子，乡下的河面上还泛着薄冰，可祖父的心却如夏日一样火热。祖父穿上军大衣，到大队部借来一条较新的小舟，轻柔地将待产的祖母引到船上安顿好。唱着村间小调，和着薄冰的脆裂声、橹板推水的哗啦声，一鼓作气，摇到了葑门码头上岸，穿过十全街住进医院。没几天，一对龙凤胎呱呱坠地，那就是我的父亲和姑姑。祖父将两个孩子的出生地安排在城里的医院，想要他们做一回真正的苏州人。

祖父母都是地地道道的农民，泥土和烈日给他们打上了

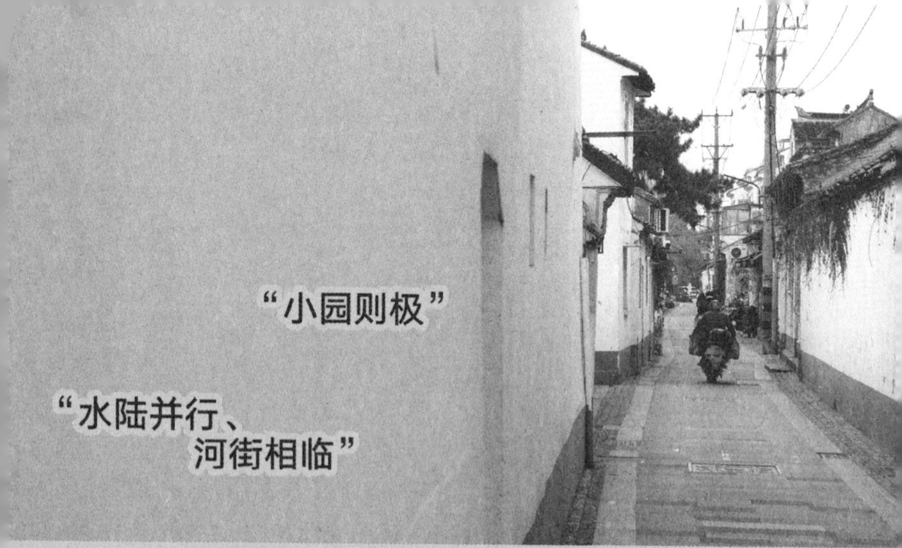

粗犷和黝黑的印记。可这对龙凤胎，白白净净，非常细气标致，连接产医生都说这活脱脱是城里的小孩，将来要有大出息的。据说，祖父高兴得忘乎所以，第二天一边啃着菜包，一边乐呵呵傻笑着精神抖擞地船也没摇，走了两个小时，回村里给太爷爷报喜。

十五年过去，姑姑和父亲如祖父所愿走出了乡村，考取了离十全街不远的新苏师范。祖父斥“巨资”买了一辆“永久”牌自行车，把兄妹的行囊挂在龙头上，轮流让他们坐在后座，打着自行车铃，送他们去师范读书。祖父时常骑着自行车去探望两个“读书人”，送些生活用品。祖父会带着他们逛十全街的书店，还会找一家点心店，点上两碗热气腾腾的馄饨分着吃。

姑姑和父亲双双成为散发着书香味的教师，这成为祖父一生当中最自豪的事情。岁月在祖父的脸上留下了沟壑，而当年动人的桨声、自行车铃声，与十全街永远地连结在一起，回响在家族的记忆中。

一碗馄饨鲜 岁月十全街

刘毅

端午前两天，我在电视上看到十全街的“老苏州茶酒楼”已重新装修，即将开门营业，想起和十全街的几件事，遂决定挑个日子再去看看十全街，看看“老苏州茶酒楼”。

走进店堂，果然是焕然一新。传统的桌椅与现代摆盘、悬挂的电视与窗格的珐琅玻璃——有一点老派，又有一点时尚的风格。一楼是厅堂，二楼是包厢，还有一个共享空间，一位身着旗袍、怀抱琵琶的小娘鱼唱着糯雅婉转的评弹；临马路的窗边有一排书柜，上面放着《苏州杂志》《陆文夫散文选》《艺海入潜记》《美食家》等书籍。确实，苏帮菜和苏州文学都是深厚入味，秀色可餐。我在一楼书柜旁边临窗坐下，点了一碗馄饨。是的，一碗鸡汤三丝馄饨。

时光回到1997年7月，“老苏州茶酒楼”二楼人头攒动，座无虚席。由《苏州广播电视报》主办的“水仙杯——我最喜爱的荧屏人物”征文大赛颁奖会正在举行。主持人是《苏州杂志》社的朱红老师。朱老师精神矍铄，头发灰白，戴着眼镜，谈笑风生，对获奖征文进行了点评——获奖征文中也有我的那篇《甲午海战——邓世昌》。还记得，我坐的那一桌有广电报的编辑记者，有一位羞涩腼腆的高中生获奖作者，还有赞助这次征文活动的乡镇企业家。在享用纯正的苏帮菜肴时，大家对文学、电影、广播电视、写作等进行深入探讨交流，谈了各自的经历和创作心得，我受益良多。

这次征文颁奖会，在我心中就是苏州的滕王阁盛会，就是十全街上的兰亭雅集，满座皆鸿儒。

时光回到 1997 年初冬的一天，在老苏州茶酒楼吃完了一碗暖暖的鲜馄饨，我走过南林饭店，走过带城桥下塘，走到了吴衙桥北的东吴饭店。

这一年的冬天，话剧演员王禾在东吴饭店小礼堂内办起话剧影视表演班，我给王老师当助教。学生们在舞台上练习朗诵、排练小品，还有十几张课桌，供学生们理论学习、听课做笔记用。我帮助同学们练习绕口令，排练《接站》《骆驼刺》等话剧小品。王禾老师还请来了美术、音乐、文学老师授课，给学生增加艺术营养。著名作家范小青女士给同学们讲授《文学、写作、想象力》的专题课，可把学生们高兴坏了。从这个班里出来的学生后来多数成了学校、单位的文艺骨干。也是因为这个机缘，后来我在电视剧《神厨》里扮演了一个盘查酒店的清朝巡警。王禾老师为十全街留下了一段回忆，2023 年冬至时以高寿离世。

2001 年 7 月，我在拍摄电视剧时认识了知名演员岳红。后来岳红和母亲、女儿到苏州，我就当起了导游。岳红一家游玩了沧浪亭、网师园后，到“老苏州茶酒楼”品尝苏州的爆鳝面和三丝馄饨，对苏式汤面的细腻和馄饨的鲜美，称赞有加。

十全街上，玉器店、服装

店、丝绸店、美食店、古玩店、酒吧琳琅满目，岳红的女儿一会说这个稀奇、一会说那个好看。在带城桥与十全街交叉口的一家绣品店，正在绣花的绣娘认出了岳红，对她说：“我认识你，我看过你演的电影！”岳红是成都人，对蜀绣有了解，对苏绣也很感兴趣，问了绣娘很多问题：双面绣的难点在哪儿、绣一幅作品要多长时间、这一幅能卖多少钱……对绣娘的辛苦付出很关心。

老苏州茶酒楼，一碗鸡汤三丝馄饨端了上来，香气袅袅，汤色诱人。我品味着馄饨，眼望窗外，街上车水马龙，行人匆匆。一条十全街，走过了作家诗人，走过了电影明星，走过了话剧名宿，走过了来来往往的食客与游人……

一碗馄饨鲜，岁月十全街啊。

十分美

陈珅

一

出差的夜晚，落脚在姑苏老城，幽静的宾馆曾是某位名人的住处，如今和门外的十全街融为一体。颇有些网红味道的十全街，与古城中的小巷相比，宽阔了许多。街两边的店铺一间挨着一间，从酒吧烧烤店到奶茶甜品店，从玉石古玩店到汉服旗袍店，都在竭尽所能吸引过路人的目光。只可惜冬日里一场突如其来的小雨，驱散了人们的热情。刚过九点，已经寥有路人，各家店铺只好早早打烊，留下路灯映照的十全街，像一个卸了妆的姑娘，露出素颜。

就这样，迎着小雨，从东向西，走到了十全街的尽头。雨越下越大，风越吹越劲，走过一座名曰乌鹊的石桥，来到一条与十全街平行的暗巷。巷子一边是不宽的河道，一边是白墙灰瓦的民居，水陆并行，河街相邻。脚下是忽明忽暗的石板路，河边灯影照不到的暗处停泊着木船。这条巷子虽然与十全街只有一水之隔，却鲜有人经过。就这样，在时有时无的灯光与自己清晰的脚步声中，怡然悠游。由西向东行至巷口，方才看到一块牌子，介绍这条名为滚绣坊的巷子原为宋代古坊，曾有过许多古代显宦大族的居所。再向东走，穿过一条干道，又进入一条暗巷。此巷是带城桥下塘，巷内曾有苏州织造署旧址，作为苏州织

旅游特色项目三轮车小巷游

东吴十几辆三轮车从苏州饭店出发

2005 年

造，曹雪芹的祖父曹寅曾经住在这里。康熙、乾隆南巡时都曾驻跸于此。

本来只是一天忙碌后的闲游，没想到却成了访古，一时间心满意足。

二

再次走在十全街上，雨已停，风已去。临近新年，很多店铺都换上了新的装束。就这样走着走着，一扇毫无装潢的橱窗出现在眼前，店内的商品一层层摞着，已经挡住了大半面窗口。抬头观瞧，一个如今看来已经算是古董的红白招牌告诉我，这里是一家音像店。

神奇。

在这样一条充斥着网红店的十全街上，居然有这样一家近乎绝迹的旧时代遗存。我毫不犹豫地走了进去，店内面积不大，四面墙和中间都被一层又一层的碟片占满，留下一圈仅容一人通行的小道。店内只有一个客人，墙上的电视里正播放着大热的电视剧《繁花》。

“门口的陶喆好像没了？”顾客问。

“最近年轻人就欢喜听这些，林俊杰也全卖掉了。”循着声音，我才发现一位个子不高的中年人，躲在角落的电脑屏幕后面，瘦瘦的身材搭配一副眼镜，看起来弱不禁风。南方的冬天，屋里比屋外冷，他双手揣兜，连脖子也缩在厚厚的棉衣里。

“最近你忙的时候就叫我，我来看看。”顾客又说。

“这一段时间过去就好了，明早我再去拿点货。”老板缩着的脖子往上伸了伸。

顾客似乎不是顾客，更像是老板的朋友。我没有再听下去，开始在店内逛。

这一逛，愣是在十步就可以走到尽头的店里停留了半个钟头。进门处墙上摆满了磁带，瞬间把我拉回到初中时用步步高复读机听《七里香》的日子。再往前走，是几箱黑胶唱片，除了泰勒·斯威夫特之外没几个我认识的歌星。我一张张地翻着，感叹黑胶唱片带给人的庄严感。继续向前，突然发现了一摞一摞的电影碟片，它们就这样堆在一起，看起来毫无章法。我开始一摞摞地逐一翻看，发现里面暗藏玄机。每一摞碟片都有着自己的主题，只是老板并没有打上一个方便识别的标签。最开始的几摞，分别是好莱坞动作片、科幻片、战争片，翻看几摞下来，基本掌握了规律，只要看最上面的一部基本就可以猜出这一摞的主题。

转过身来，中间的柜子上

河街相邻
巷子一边是不宽的河道

同样堆满了碟片。最高的一摞，最上面是娄烨导演的名作，旁边则是张艺谋的《活着》。往下翻，娄烨的作品几乎全部都在，也不乏贾樟柯、刁亦男、李安、蔡明亮等导演甚至在网上都难觅的华语佳作。继续翻看，突然又变成了韩国电影特辑，除了叫好叫座的大片，厚厚的碟片里也藏着金基德、李沧东、张薰等导演难得的好作品。

就这样，翻了数百张碟片之后，我在门口最醒目位置的昆汀全集和《星球大战》全集前停了下来。

三

正当我意犹未尽之时，赫然看到我最喜欢的说唱歌手 2Pac 那张桀骜不驯的脸。原来这里还有说唱专区！

这里有我认识的每一位嘻哈歌手的 CD，这块不大的区域几乎囊括了整个嘻哈音乐史。一度想买一张 2Pac 的 *All eyez on me*，却又看中了 N.W.A 的 *Straight Outta Compton*，一番纠结之后，无奈全都放下。

这家店显示的对电影和音乐的专业度超出了预期，于是乎我很想和老板聊一聊。当我看到土耳其导演锡兰的戛纳评审团大奖作品《小亚细亚往事》时，突然想到此前有一部毛里塔尼亚导演希萨柯的《廷巴克图》一直没有找到，于是决定问一问老板，借此打开话题。

“老板，我想找一部片子，《廷巴克图》，你这里有吗？”我终于张开了口，可因为影片过于小众，并没有作什么期待。

“之前有过，可能卖掉了。”

缩在棉衣里的老板迅速起身，熟练地找到戛纳电影节那一摞碟片，快速地边翻边说：

“这部片子好找的，不算小众，但是量很少，可能卖掉了。”

此刻我正惊讶于老板口中的“不算小众”，而他已经回到了电脑后面，脖子又缩回了棉衣里。

“卖掉了，加微信吧，我给你找。”

我赶忙掏出手机准备扫码，可老板却拿过手边一本A4大小的厚本子，翻到大半处，在最下面的空行里，写下了“廷巴克图一张”几个字。

我伸过脖子看向笔记本，每一行都记录着电影名字，应该都是找片的顾客留下的。这样厚厚半本，不知道是多少年积攒下的记录。

“怎么样，现在生意好做吗？音像店可不多见了。”我尝试着打开话题。

“还不错，虽然现在买碟的人少了，但是基本有个固定的圈子，平时都会来淘。”

就这样，我和老板聊了起来，聊最近的新片，聊顾客喜欢买些什么，聊他为什么开这家店，聊我们各自最喜欢的作品。

四

“**我**决定消费一张。”

完全被我忘记的另一名顾客突然从角落里站起来，举着一张CD，撕开了塑封递给老板。

“来，一起吧。”他又看向我说。

老板取出CD，放进藏在收银台下面的碟机里，转身关掉了刚才半个小时里完全被人忘记的电视剧《繁花》。

我问：“这是谁的歌？”老板把 CD 的包装递给我，红色的标题写着 *The Tracks of My Tears*，再看看歌手和曲目，完全一无所知。

那位朋友注意到我迷茫的表情，向我走过来几步。“没事，这是我们80后的记忆，来，一起听，你会上头的。”

话刚说完，音箱里音乐渐起。我们三个人站在各自的位置，眼睛望向别处，再无多言。随着节奏的行进，我们开始以极微小的幅度扭动起身体。此刻的十全街上，一首颇有复古感的音乐弥漫在夜里，和音乐一起的，还有三只脚在地板上踩出的相同节拍。

十全街上，十分美。

向余生要一条小街

苏唐果

我在苏州买的第一件旗袍，是在十全街看上的。纯黑，真丝，泛着暗哑的光，扭转身时，那光泽更为流转。

施施然，立马往街道一隅的网师园而去。网师园虽小，却是苏州园林“小园极则”的代表。那时候，我常常去那儿散步。

园子里的一个角落开着几枝明黄、艳丽的花，配着斑驳的白墙，很有一种江南的腔调。很久之后我才知道那是萱草，又叫无忧草，是中国古代的母亲花。

第二年，婆婆来苏州游玩。正是初夏，做了一辈子教师工作的婆婆换上我的黑旗袍，果然颇有婉约气质。看婆婆喜欢，我就把衣服送给她了，去园林留影，是很适宜的。网师园里，那几枝萱草仍旧在，于花前留影的婆婆，萱草花仿若绣在她的黑丝旗袍上，特别温馨。这是十全街带给我的温度。

“水陆并行、河街相邻”，住得久了，这才知道，十全街自古繁华，在古代，这里才是正宗的市中心呢，相当于上海的淮海路，而且古董字画、玉石工艺品、时装美食、有年头有品位的宾馆酒店……应有尽有。

那时我喜欢一家藏地风情的小店。女店主很美，长长的波浪卷发，眼神深邃有神采。她总是沉浸于自己手中的事情，或串珠，或品茶，或做女红，有人推门进来，抬起头或笑一笑，或点点头，从不干絮絮叨叨兜售货品的事情。

她的店铺前有一棵梧桐，桐树叶低低地映在小窗前，她像是一个生活在树丛当中的人，满满的氧气笼罩感。我常在里面流连，买过银戒指，松石手串，艳丽的披肩……美不再遥远，唾手可得。遇上有人问我哪里买来，我会很高兴地告诉她，十全街。

吴衙桥边早早地开了一家咖啡馆，名啡舍，据店主说，谐音 Fisher——也可以译作“网师”。不远处，正是网师园。是默契吧，一园林，一咖啡馆，彼此有了呼应。

我喜欢梅雨时节来这里坐上一会。身后就是老宅，是悠长的小巷，独自躲在伞下喝一杯热腾腾的咖啡，看着河水发呆，格外惬意。涟漪点点，音乐轻和，在纸上写下这样的诗句：

穿过雨水，向余生要一条小街

我把自己采下，献给斑驳

吟唱中飘来庄子，

像一尾鱼，来到他的水中。

河对面，就是热闹红尘。手上的一本书，正好看到了这里：“他已经掌握了克制的秘密，已经控制住自己。他可以穿行于现代都市交通繁忙的街道，而其心灵平静如同隐居于洞穴，没有任何声响可以触及那里。”

抬起头来，对着河水，会心一笑。

这条长街有太多的美食记忆：那一碗枫镇大肉面，汤鲜味美，焖肉入口即化；那一家的苏式糕团，从年头吃到年尾不重样；秋风渐起，落叶飘飞中手捧一袋刚出炉的糖炒栗子，整整一条街都暖和了起来……

七月夏夜，我来到新改造好的十全街散步。高大的梧桐树摇曳于晚风，新辟的小绿圃中竟听到蟋蟀的鸣叫，清脆，有力，像这晚街市强有力的脉搏。一个小男孩察觉到我在聆听，他也驻足，他望向我，眼里露出欣喜的光，我微笑着，向他点头示意。是的，这是十全街新驻的小小乐队，你没有听错！

只有姑苏这样的城市，才会在最繁华的街道上，用这么精致的一整座楼阁售卖幽兰吧。店铺用心装饰过，处处有园林之风，一步一换景，典雅、优美，甚至有一座假山藤萝披挂而下，极清逸。一对中年夫妇在询问夏日兰花如何浇水，那位年轻的女非遗传人答道：“不可当头淋浇，贴壁徐徐渗入即好。”这是古人在对话么，我默默聆听着，不免感怀。

我曾流连的藏地风情店不见了，但那爿让时间停留的唱片店还在。它的面积只有三十余平方，却装了五六万张碟片、黑胶唱片。推门而入，声音玩具乐队的《最美妙的旅行》在耳边震颤：

和你在一起

虽然我们最终都选择了远离

我们疲倦得彼此放弃

但请记得我们毕竟有过

最美妙的旅行

我们在一起

我常常去那儿散步

晚街市
强有力的脉搏

走，去十全街

钱成

要写十全街，我觉得自己是有一定发言权的。要知道我自小就不爱在课堂上主动回答问题，工作后，在会议中也尽量回避主持人试探的目光。但就是这样的我，在说到这条街的时候，也会有强烈的表达欲。毕竟，我在十全街的外围度过了六年时光。

说是十全街的外围，因为十全街的核心地带对初中和高中时代的我来说，神秘而不可即。上下学时，我们沿着人民路北上或南下，向西拐进书院巷，寻觅一些廉价的小店，试图填满青春期永不饱足的胃，向东，就是十全街。那时十全街的街口还不似现在这般开阔，高大的法国梧桐向街道投下凉爽的阴影，也增添几分浪漫的情调，和对过的书院巷相比，这里的热闹少了些烟火气，招牌和门面装修上都透露着店主精致的审美情趣。

我们最常光顾的，就是街口的那几家吃食店了。最靠近人民路的有家“十全坊”，女店主有如海藻一般的长发，平时柔声细语，只有在向后厨传达点餐信息的时候才稍提高音量。做饭的似乎是她的父母。他们每次端出盛在洁白容器中的食物，都像是招呼家中客人一样自然。而我们坐在简洁的餐桌前，转动手中剔透的玻璃

水杯，目光打量着墙面装饰用的纱帘，也会不由自主地放松下来，仿佛自己是亲戚家的孩子，来吃饭就像是串门，绝不会受什么亏待。

让我印象最深的，还是他们家的菠萝鸡粒炒饭，油亮亮的菠萝粒和米饭粒，还有毫不吝啬的大块鸡肉，毫不夸张地说，整盘炒饭都泛着微微金黄的光泽。每一次去的时候，都想尝尝别的菜品，结果每一次，都是以菠萝鸡粒炒饭告终。大学毕业后的某一天，我和高中好友相聚店中，墙上依然装饰着温柔的纱制帘子，桌上依然放置着洁净而令人安心的餐具，我们聊着毕业后的打算，仿佛还是四年前的几个少年，未来充满无限的可能，各奔东西的离别里并没有伤感，更多是期待。

那是我对“十全坊”最后

苏州饭店（新九楼），
20世纪80年代初

轻快地走下去 一直这样走下去

的印象，下一次再路过十全街时，原来的店面已经完全辨认不出，店主一家存在的痕迹，连同我们无数次在这里逗留的记忆，都被新的店铺所覆盖。不知道后来还有没有其他人，尝到了菠萝鸡粒炒饭的美味？那位店主，现在一定也在某处，披着海藻般的长发，柔声细语着吧。

十全街的深处，一路向东，是我们平日里来不及探索的繁华地带。曾有高中同班同学告诉我，周末她和家人夜游十全街，发现了某某宝藏店铺，里面卖的都是孤品首饰和服装，这大约就是 Vintage 商店的雏形了。那时的我只是觉得相当羡慕，毕竟自家父母只会关心我作业写完了没，结伴逛街那真是稀罕事，更别说到如此有格调的街区一游了。

现在的我，已经到了拖家带口逛街的年纪。我家先生无法理解逛小店的乐趣，可对于我而言，每一次的推门都会是一次偶遇。店铺里售卖的不仅是商品，更是一种生活态度，店主索取的，也许不仅是经济收益，也是现代社会中难得的精神共鸣。

我家先生的学生时代，是在十全街中段的一所中学度过的，与我曾经的活动范围，隔着两个街区，可谓是“君在十全东，我在十全西”。他记忆里的十全街，自然又是另外一番精彩。我们走在焕然一新的人行步道上，听着他细数学生时代的趣事，不时有少年从我们身边飞奔而过。在掠起的衣角和发丝间，恍然瞥见昨日的自己。少年们的笑声渐渐远去，他们的身影也消融在明亮的日光里。

我们握紧手，轻快地走下去。在十全街，一定还会遇见更多有趣的人和事，如果我们一直这样走下去。

古街新韵

GU JIE XIN YUN

走走走

听听

苏式生活哲

有评弹声传来

第三章

街边小店的音乐声

叮当当的酒杯响

吴侬细语软软落下

侬好

旧唱片店里

十全“拾”美

路魆

要在广东以外，寻找一个气候与之接近，但少一些潮热雨水的地方居住，非江南水乡莫属。苏州完美地实现了我对那种时而柔和氤氲，时而干净爽朗的水乡生活的想象。以前听人说起苏州，平江路是常常被提起的，那里也是我多年前第一次来苏州时的游览地。后来，在我借居朋友家的那段时间，与平江路相距不远的十全街却成了我们日常写作与谈天之地。从前在外旅途，难免有作为外地人的隔膜和乡愁，然而在那段时间，我尝试做一个地地道道的水乡居民，不再以游客的视角去探索那里的生活形态。

来苏州之前，我读过作家残雪的一篇散文《夜游苏州园林》，里面描写在一个宁静的夜晚，她和日本译者近藤直子夜游苏州园林的奇异经历，所写的园林正是沧浪亭和网师园——不敢相信，这两个别致古典的园林，恰巧就在十全街所能抵达之处。特别是网师园，它就藏在熙熙攘攘的十全街，一个在白日的热闹之中别有洞天的地方。那些夜晚，游荡在人声渐息的十全街，经过窄窄的网师园门前，又绕道沧浪亭前长满睡莲的河溪时，风凉水

2004 年

东吴饭店

静，残雪的那段文字便浮上心头：“然而回廊居然长得没有尽头似的，我们一前一后走了又走，我不断地从漏窗上看见幽蓝的鸟儿的身影。那些被剪碎了似的鸟头、鸟身、鸟尾一律泛着艳丽的蓝光。我想到了天堂鸟这几个字。在我们脚底下，水和石头隔一会儿又接一次吻。”这样的夜色，如烟似云，顺着一种久远的召唤，我终于抵达了曾经遥远的水乡现场。十全街成全了、也留住了这段旅途记忆。

那一年的冬天，原本买了火车票打算去南京看雪，醒来后，惊喜地发现苏州也下雪了！立即决定退票，留在苏州看雪。十全街的黑瓦白墙隐隐约约，水乡市井在雪的洗刷下迷蒙得如幻梦摇荡；一枝挂雪的柿子树枝条从墙后探出来，石拱桥也静得凝固了；伞面被雪压得下坠，不时抖落上面的积雪，雪块啪嗒啪嗒地落到古老的桥面，又从缝隙处落入河里，消失在水中，无声无息。雪在屋檐、瓦面、水边和落叶后的梧桐树枝上堆积，从蓬松的透明状冰晶，到厚实的白团团，如此可触可感。整条街道被静谧安稳的冬季之美包裹着。人们抬头望着落雪天，不时驻足观赏，脸上露出被自然之美眷顾的圣洁与怡然。在雪中的园林里，我见到了残雪在文章里提到她遗憾没有见到的框景。那些假山、回廊和亭子，被雪轻轻覆盖，也显露出只有经过人为艺术思辨才会拥有的物象浮线，非自然的，却圆融在自然中。雨水在这里终于凝固成雪了，仿佛是时间被静置后而析出的结晶。那是我第一次真正地观察雪落下的模样，了却了一个广东人多年来对于雪的念想。

另外，溪咖啡和铁手咖啡是我们几个日常写作的去处，在柳树下，在樟木旁，在芦苇边，留下许多话语和想法的交锋。“去哪里吃？”“还是去十全街。”这样的问答总是自然而然地开始。结束一天的写作，或者在那些不写作的日子，习惯了在十全街散步。几公里长的散步过程，仿佛在寻觅某种隐藏的美。有时从街头漫无目的地走，走到街尾，穿过马路，又回头走一遍，也颇有园林移步换景的妙处。主街两侧尽是别致的小店，从咖啡店、面包店、餐馆到唱片店，应有尽有，花样纷呈。说到菜系也丰富，除了苏州本地菜系，我爱流连那家台湾菜馆，每次去吃总要点蒜泥白肉和炒通心菜。往往从窄窄的门门进去，走到小店最里面，就能从雕花木窗或者悬空的阳台，看到背面那一侧的河道和安静的巷道民居。十全街的另一侧与主街道截然不同，有一种别致古雅的水乡气息，起伏不平的石径在攀满植物的老墙下延伸。每隔一段距离，就有一道石拱桥将十全街的主街道和背侧的巷道民居连在一起，翻过石拱桥，累了便在那头歇息，动静皆宜。

记得在小说集《夜叉渡河》出版后的一段时间里，一直没有机会跟编辑见面。后来编辑恰巧来了苏州，我们才有了见面的契机。我们第一次见面便是在十全街的一家云南菜馆里。走上一道旋转的木楼梯，在楼梯尽头，一个古雅的花瓶里摆着百合花和松枝，编辑就坐在旁边的木桌上等我们到来。大家对于彼此的出现，都有一种久违的喜悦，那些曾仅在纸上和网上的交谈，如今变为面对面的亲切话语。那顿饭吃了什么菜式，又聊了什么，都已记不清楚，只留下一段影子般的交谈记忆，只记得餐馆里安稳平和，对未来还有着期盼，而窗外的十全街，阳光明媚，树影婆娑。后来，我们去了一家位于一方碧绿池塘边的咖啡馆，继续另一场同样记不起具体内容的长久交谈。直到黄昏降临，暮色笼罩暑热还没退却、草木葱茏的院子，我们那些关于写作出版、关于俗世人情的倾谈，像树上的鸟那样断续地跳跃，在枝头留下颤动的余韵。这段始于十全街的写作交往，后来一直延伸到上海，延伸到北京。

两年以前，十全街还不存在于我的记忆里，如今那里已经发生了许多早已刻进生命里的人和事。冬天之后，经过一轮翻新整饬，十全街的人行道变宽阔了。梧桐树的枝丫再次挂满翠绿阔大的叶片，在石板路上投下摇晃的树影，庇荫那些诞生在这条路上的美好记忆，一面是喧闹跃动的，一面是静谧不语的。

长灯

莫林

透过计程车的窗户，她老远就忆起了那条街。从前的十全街不会让她看上那么久。店老板递到眼前的素面让她等了很久。接过热面时，她从包里掏出一张塑封好的照片，对老板说："我见过你，那时候他牵着我的手，你在摇篮里看着我，我还穿着亮色的裙子，不像现在这样老。"

她记得在很早的时候，乌鹊桥旁安居的喜鹊总是被赶早的三轮车的车链声闹醒。扑棱着翅膀的鸟儿开始叫唤后，她会到他的店里坐下点上一碗阳春面——阳春面是不加浇头的；有时会加上一份浇头，也是素浇面。总之油花要薄，葱花要细，做面的人更要干净伶俐。淡淡的面汤香气让她时常想起老小区里用了很久的照明灯，光线把灰色的水泥墙揉得像棉花，让人想倚着歇息。他也是以那样让人想倚着的形象，出现在后街的凉亭里。刚有了一点凉意的风带来熏透他白衫的面食味，她因疲累而下垂的胃便使得她的双腿再也不肯走了。她瞧着他衣衫下的筋骨，瞧了许久。亭子下边的那条绿流推过几条花船，云影蹑手蹑脚地回来之后，她才随着他起身来到了她往后常吃的面馆。

她知道她是一定要和他搭话的，因着对自己的了解。可她不急，那时满窝的燕雀才泛出氄毛，低矮的草尖才稍微点上苍灰，她哪需要着急。

她生来松弛，不假思索地将自己大他八岁的年纪说成大他两岁。他们约好，她一周来吃五次面，他陪她逛两日街。

记得有一次，他们两个站在乌鹊桥上，他的呼吸弄得她耳朵痒痒，他说，这桥以前好像是座很高的拱桥，要是没修过的话说不定我可以把你带到天上。她大方地红了脸，幸好黄昏的红霞给她掩了去。给一个比自己小八岁的小子挑逗得失了方寸不像她，她势必要压回去。她狠狠地咬在了他的嘴唇上，她迷了心智，她要继续尝，先是解渴的水，接着是从水里破开的，蛰伏了许久的红日。她清楚地尝到了他的过去，他烙在血液里的滋味。她瞳孔放大，像夜里的猫子睁眼窥探他的未来。她觉得他真的把她带到天上去了。

从咖啡店、
面包店、
餐馆到唱片店

是去十全街”

十全街东吴饭店门口
上世纪一场最大的雪

到如今，她也总是恍惚，她究竟是以何种面貌离去的。十全街两边的路灯照得她发晕，街道直直地拉长。她变得有些不一样了，她不知道那些看向她的路人是否察觉到了这点。她有点害怕被人察觉，却又因此感到自豪。她决心要将自己这个只会做面条的爱人藏起来。她的朋友，她的父母一定想不到她和一个面馆老板相爱，她觉得她可以享受一场隐秘的爱。

所以当她看到他抱着一个婴儿哄睡时，她并没有感到背叛或是惊奇，她更想知道他是不是也隐瞒了这段关系。可他实在太过老实，那个婴儿也不过是他哥哥嫂嫂托付给他照顾几天的侄子。她那丝甚至有点奸诈的欢喜被一扫而空。

那个她曾见过的婴儿如今正盯着她听她唠叨呢。她要怎么去说后面的事呢？她想问眼前这个和他有血缘关系的人，是否曾在他口中听闻过她。她又想，其实不管怎么说都好，先把她的事讲完。

一通电话把她叫回了北方。父亲的离世给母亲打击很大，她不忍心丢下年迈的母亲。只是抚着母亲那头黑白相间的短发，她就落了泪，哪怕是在父亲火化的当晚她都未曾这般。然而她忘不掉水乡里的他，她问母亲要不要同她一起去到南方。母亲说不想去到一个陌生的地方，她忘不掉家乡空气中弥漫的钢铁味。所以她从未在母亲面前提及过他。她会在夜里偷偷打通那家面馆的电话，他只是常说他爱她，不愿强迫她，她又压着声暗暗地哭。后来她也交往过几个男人，却总是会想起乌鹊桥上他的耳语，没办法骗自己尝试新的欢愉。

她只是不时会面向南面幻想，很久以前，有座乌鹊桥可以把他们俩顶得很高很高。

她已经把所有的一切讲完了，把照片留下来给了新的面馆老板。那个她见过的婴儿说，他后来去了北方，只给家人留下了一句：他要去感受一下西北的风。就再也没有见过。至于她，他从未向家人提起。

她走出店门，十全街拉得很长很长，一摞摞的灯，一家家店铺排了很远，远到她觉得她爱了很久，还可以继续爱着。

鸟儿开始叫唤
闹醒
三轮车的车链声
打通那家面馆的电话

听听听

就时不时跑一趟十全街吧

齐雨

免不了时不时跑一趟十全街。

夏天打包一杯绿豆汤，冬天称斤炒栗子边晃边吃。

十全街像是时序流转的吃食标记。

踏出图书馆沿着人民路来一客牛肉锅贴，从和基自习室穿过凤凰街吃一碗油泼拉条子配冰峰。

十全街又仿佛精神充实后的美味犒劳。

温泉蛋披萨、碱水结凤梨美式、抹茶舒芙蕾冰淇淋……层出不穷的新品突击勾起蠢蠢欲动的味蕾。

十全街还充当着探索与尝试的新奇解密。

穿梭在小店林立的主街，犹如置身天南海北的美食海洋，这是最初的、最原始质朴的，对十全街的美食探店之爱。

总是要时不时跑一趟十全街。

单单小巧精致的网师园就值得一年四季反复琢磨：

最初踏入，源于对张氏兄弟所豢虎儿的好奇，置身西园

侬好

充当着探索与尝试的新奇解密

放空心绪
拥抱朝气
沾沾烟火气

小筑殿春簃之中，总是不自觉地产生“大猫”钻出假山围绕身边的浮想联翩。

频频驻足，是为了堪堪横跨幽深槃涧的小小引静桥，是为了从竹外一枝轩窥见的小园叠山理水全貌，是为了爬上花窗的芭蕉、静卧竹群的天井、投射白墙的光影。

去了又来，是为了春天匆匆盛开的玉兰，夏天铺满一池的荷花，秋天香气深远的丹桂，冬天横斜出梢的蜡梅，还有那一棵始终苍劲无言的圆柏。

还有织造署里读书的漂亮的女生，青石弄来往的文学青年，带城桥上张望寻思的游客，南园饭店里寻访旧史的 UP 主……

漫步于喧嚣热闹的阳面，穿行于安宁静谧的后街，徜徉于古今并蓄的浩瀚星河，这是对十全街的散漫多元之爱。

还是想时不时跑一趟十全街。

想去去班味儿、沾沾烟火气，就一头扎进百步街，和刚从横街满载而归的叔叔阿姨撞个满怀。

想感受热闹、拥抱朝气，就打卡几家咖啡店、面包坊，与三五好友沿街而坐享受夏日午后的悠哉。

想安静独处、放空心绪，就一座桥踱到北岸，又一座桥走回南岸，看人家枕河而居，看老人和野猫躲在树荫下打盹儿。

在十全街无数次的往返间，才发现，最爱的是这街景与人居同在、新潮与古典碰撞、快节奏与慢休闲并存的苏式生活哲学。

黄灯咖啡：且慢且自由

胡越

盛夏午后，扑面的风也是炙热的。从三元坊地铁站出来往背阴的张思良巷里钻，一抬眼，檐上恣意抽出了大片绿茵茵的枝蔓，一朵朵橙红点缀其间，这是属于凌霄的季节：它们横跨整个夏日绽放，缓慢地、热烈地向上生长。拐进十全街，推门走入黄灯咖啡，一杯美式的氤氲中，聆听一个关于梦想与爱的故事。

阿鸭和春丽就是在一个夏天相遇的，四年大学熟稔后，又走向各自的夏天。阿鸭是南通人，毕业后选择留在苏州，在十全街的一家咖啡店工作。也是在一个夏天，老板因为忙于其他店铺无暇顾及这里的经营，想要闭店转让。有间小店，聚两三好友，是阿鸭一直以来的梦想。“要不我来接手。”没有犹豫，阿鸭把店给接了下来。她找到了春丽，“我是冲动型，春丽比较冷静，得到她的支持我就没什么顾虑了”。

两个 96 年出生的合伙人花了一晚上谋划未来，说干就干，于是十全街上多了间温暖的小店。

黄灯（Yellow Signal）是一种人生态度，它代表了警示和缓冲，让大家在人生十字路口能够慢下来，去观察、思考，而后行动。

阿鸭和春丽也在观察和思考：人群匆匆而过，店里的哪些特质能够吸引人推门而入？十全街上咖啡店众多，如何才能错位发展？直到有一天清晨，阿鸭因为制冰机故障一早就到了店里等待维修师傅，意外遇到了四五个行色匆匆的年轻人来买咖啡，“想上班前买杯 dirty 提提神，来碰碰运气，没想到真的有咖啡店开门了”，阿鸭突然想到了小店该做什么样的改变。

那天早晨还有一场美好的不期而遇，一只在外流浪的小狗待在店门口久久不愿离开，异乡漂泊的阿鸭把它带回了店里，取名“制冰机”，黄灯咖啡好像有什么不一样了。

阿鸭和春丽把开店时间调整到上午 7：30，“我们要做十全街最早开门的咖啡店，希望用一杯咖啡陪伴在外拼搏的年轻人”。她们在店门口放上了宠物友好的标牌，“制冰机”也成了店里的团宠，会有年轻情侣专门来店里打卡玫瑰拿铁，和狗狗合影留念；父母给孩子点一杯玉米脑袋，撸一撸可爱的毛孩子；临时出差的小哥找个安静的角落办公，用一杯桂花龙井澳白开启忙碌的午后……十全街吸引了来自全

人群匆匆而过

扑面的风也是炙热的

聆听
碰撞灵感
推门走入
聊着属于她们的故事

国各地的旅人，阿鸭和春丽也一直用心地做着饮品，每个季度与时间与物候碰撞灵感，推出紫苏桃、椰椰椰、秋风里、初雪等季节饮品，这意味着两个姑娘需要一直保持学习、更新的状态，去创造更多受欢迎的爆款。努力写好小红书的每一篇宣发、设计专属 logo 和周边、征集手绘圣诞杯创意、免费承接线下应援活动，她们作为年轻人懂得年轻人、靠近年轻人、吸引年轻人，坚守着自己的匠心。

做咖啡和品咖啡都是一件需要慢下来的事情，前者在选豆、烘焙、研磨中体验每一款或显或隐的变化，后者在初品、适应、咂摸中感受从苦涩到醇香的惊喜。一杯咖啡的时间，孩子已经和“制冰机”成了好朋友，春丽在一旁给他俩拍了合照，阿鸭在做咖啡的间隙和我聊着属于她们的故事。

如果要用一种花来形容她们，那一定是凌霄：热烈向上，且慢且自由。

寻找团团

刁丞芮

我从小住在十全街，我有一只伴生猫，它叫团团，因为浑身洁白如雪，蜷缩的时候，如一团白白的毛球。

在我五年级的时候，它不见了。

团团平时胆子很小，不喜欢远行，我猜它是躲在了十全街的某处，我想找到它。

春天的时候，空气里都是万物苏醒的味道，嫩绿的枝芽陆陆续续冒出。有家新开的花店，各式各样的鲜花争奇斗艳。团团平时最喜欢在花丛里打滚，一个白白的小团子在五颜六色的花团中，格外欢乐。

我推开花店的门，一阵风铃声叮叮当当地响起："姐姐，请问您有看到一只白色的像奶团子的猫猫么？它最喜欢花了。"老板娘温柔地摇摇头。看来团团不在这里。

初夏的天空总是晴朗明亮，这是团团最喜欢的季节。以前它会轻轻跳到门口的树上，等待我放学回家。或许，它悄悄地躲在了树上等我发现它。我跑上了宴扬楼的二楼，窗外有那根它最喜欢站立的枝桠。正是三虾面的季节，团团喜欢吃虾干，或许我吃上一碗，团团闻到味道就会出现。三虾面色泽鲜艳，面条柔韧，虾籽

的鲜美、虾脑的醇厚、虾仁的嫩滑，每一口都有丰富的层次感，让人陶醉。我吃完了最后一根面条，团团还是没有出现，看来它也不在这里。

人烟寒橘柚，秋色老梧桐，立秋后的梧桐是最先落叶的树，整个十全街也被渲染得金灿灿的。我最喜欢在放学时踩着梧桐落叶，听树叶嘎吱一声，那时，团团总喜欢绕在我的脚边，只是它总是轻轻地，用它萌萌的小爪子，生怕踩碎了这片黄金甲。我们，还喜欢再吃上一个路边的烘山芋，金灿灿的山芋冒着白乎乎的热气，人间烟火大抵如此。“嘎吱嘎吱”，我踩着树叶，低头望了好几次，脚边没有白色的奶团子，看来团团也不在这里。

冬有冬的来意，雪有雪的秘密。以前，我总能顺着团团留在雪地上的脚印，找到它。今天是个下雪天，没有风，雪落得很轻、很匀、很自由。清晨的十全街，如同这雪景一样安静，雪花温柔地落在我的肩头，我没有发现熟悉的小脚印，雪覆盖了一切。街边，突然飞来一团雪白，仿佛可爱活泼的团团飞身扑来一样，接着一串孩子的嬉笑声传来，原来他们在打雪仗，一个个雪球，把冬天的沉闷打破了。或许这是团团的来信，如同它一样雪白可爱，或许它是躲在檐上的三寸雪，一直在我身边。

我伸手接了一片雪花，雪花消融在我掌心，也许，团团一直都在十全街。

回廊和亭子

历史回声

LI SHI HUI SHENG

走走走
看看看

小小的街道
瞻望大大的城市

第四章

嶙峋太湖石

打开一把折扇

盘扣

每一座古桥

小巷悠游

沐沐周

十全街四周藏着许多可爱的小巷，与主干道相伴相生。如果说十全街是风情万种的杨柳，小巷就是缠绕在树干上的茑萝，茎叶纤细，花朵小巧，别有一番柔和沉静之美。其中东起银杏桥、西至南阳街的一条线路，是连接网师园与沧浪亭最近的路，我称它为“网沧幽径”。

银杏桥建在带城桥路上，桥堍浓密竹叶间五六棵石笋高低错落，笔直修长，风神俊逸。我经常伸手摸摸它们那苍绿底子上遍布的水滴形坑洼，背一句“念桥边红药，年年知为谁生”。

幽径在河的北岸，跟着银杏桥下的河水向西并行。春天枝叶交缠，阴凉不见天日。夏天柳树蓬松，槐花浅紫的碎花瓣香得朦胧，榆钱被阳光照成半透明的碧玉。秋天，桂花簌簌落下，香了行人的头发和肩膀。冬天，褪去叶片的枝条细瘦疏朗如简笔画。一年四季，各有各的好。如果想坐下歇歇脚呢？树下很贴心地设有长条石凳。真好。

南岸，长长的白粉墙面向河道一路伸展，零星开几扇小窗，窗台吊兰细长的枝条垂在

河面上，在风中轻摇。离河近，水汽足，吊兰枝叶蓬勃，绿得很精神。隔窗隐隐见到人影晃动，“刺啦”一声传来铁锅爆炒的声响。

幽径由小石板铺就，每一块石板四边皆呈弧线，仔仔细细对着砖缝拼接，横看竖看，都是水波粼粼的感觉。嶙峋的太湖石堆叠成小假山，于人烟繁茂处营造山野气息。小游园里密植着各色草木，鹅卵石小路蜿蜒，圈起一方幽雅小天地。姑苏特有的精细雅洁已经浸透至古城的角角落落，哪怕这样一条小巷，也处处讲究不马虎。悠游其中，只觉得自在、安闲又舒畅。上下班时间，常见穿着旗袍的南园宾馆服务员，腰肢细软，穿花拂柳而来，煞是好看。

南园宾馆的围墙很高，墙头上隐隐望得见丽夕阁，一幢隐藏在南园宾馆的欧式别墅，曾住过当年的名流公子。站在十全街看不见它，反而在这里能够望见它的屋顶轮廓。那沉默的屋顶下隐藏着多少风云际会，令人感叹。

又有了好玩的新发现：两棵树从墙里钻过来了，其中一棵还分成两支树杈，俨然三个弯腰驼背的老头。树枝穿越之处有砖瓦围成的圆圆的洞口，哦，应该是特意为树挖了个洞，就像养猫养狗人家特意留的猫洞狗洞。那么，到底是何人何时挖的洞呢？不得而知。真该谢谢他，没有把两株旁逸斜出的树枝简单粗暴地一砍了之，而是用巧思让树与墙和谐共存，形成一道独特的风景。怀慈悲心、行风雅事，温和、包容、惜物、惜福，该是姑苏人文精神之一吧？

再向西走，经过两扇紧闭的门，砖雕门楼上刻着篆体“吉庆禅院”，落款“同治某年四月”。前面到了五龙堂，一条向北直通十全街的小巷。巷口有一眼双口水井，井圈隐隐可辨“万寿泉”三个字。这里原有一座大庙，供奉龙王，号称五龙庙，如今片瓦无存，唯留此井。井水依然清澈，一只小吊桶起起落落，好婆们聚在一起说说笑笑洗衣洗菜。多年前见惯的情景，在自来水普及后逐渐消失，如今乍然出现，特别亲切。几个小孩憋红了脸，甩着不听话的木桶，终于吊上来一桶水，鞋袜全湿，开心大笑。

水井西侧竖着一排烛台。如果碰得巧，会看见白发老太太来烧香，蓝布包头系着红头绳，青布大衫百褶襴裙，郑重其事打扮了，衰老的腰身起落，合掌、高举、翻掌、磕头、喃喃祈愿，仪轨一丝不苟。

至此河水向南拐了个弯，幽巷也跟着转弯，短短几十米出现了三条小路：羊王庙，一人弄，南阳街。一人弄名副其实，仅容一人通过。羊王庙口有一幅很大的瓷砖画，胖娃娃白衬衣蓝裤子红领巾，一手挥着小红旗，圆脸蛋红扑扑，典型的 1980 年代风格。三条小巷里，南阳街是最直最宽的，却极短，不足五十米，居然冠以“街”的大名，让见惯了通衢大道的北方游客哑然失笑。姑苏古城的特色之一就是“小”嘛，螺蛳壳里做道场，小得讲究，小得理直气壮。

悠游小巷，流连忘返的脚步宛如句读标点。我听着自己的脚步声，心情起承转合，想着该写篇文章记录小巷的美好，于是更加欢喜起来。

十全街
吴衙场附近，
2005年

桂花簌簌落下
“念桥边红药，
年年知为谁生”

十全街的古韵

王建强

十全街，这条承载着悠悠岁月的街道，宛如一幅徐徐展开的历史长卷，在时光的长河中默默地倾诉着往昔的故事。

漫步十全街，不能不留意的是藏在它身后的那一座座古桥。它们听过恋人的低语呢喃，见证过兵戎相见时的战火与硝烟，承载着无数代人的步履，守望着百姓的离合悲欢。葑溪的波流宛如琴弦，弹奏着时光的歌谣。

春日里，垂柳依依，像是为古桥披上了一层绿纱；夏日里，桥下的碧流泛波，带来丝丝清凉；秋日里，金黄的落叶飘落，为古桥增添了一抹诗意的色彩；冬日里，皑皑白雪覆盖，古桥宛如白发的老者，沉静而安详。

十全街周边有很多古老的宅第。

经历了风雨侵蚀，院墙上留下了岁月的笔触，成为一幅斑驳的抽象画；门前的石狮子模糊了眉眼，但威严的姿态依然可辨。深院里有一口古井，宛如一面深邃的宝镜，映照着天空的变幻和庭院的变迁。井栏圆润而光滑，每一道痕迹都像是古老的铭文，无声地诉说着往昔的故事。俯身望去，井底仿佛藏着一个神秘的世界，那微微荡漾的水波，像是在轻语，又似在吟唱。打起一桶井水，那清凉而甘甜的气息扑面而来。曾经，这口古井提供的生命的源泉，滋养了一代又一代的生命。走出古宅，转过一个街角，不经意间偶遇一座小小的庙宇，在褪色的牌匾上仍能感受到它的庄重与神秘。周围的树木郁郁葱葱，仿佛是在守护着这片神圣的地方。

十全街上有很多老字号店铺和工艺品店。那精美的刺绣，丝线交织，展现着江南水乡的婉约风情；那细腻的木雕，刀痕错落，仿佛是一部立体的史书，讲述着民间艺人的匠心独运；那精致的陶瓷，釉色温润，恰似一首优美的诗篇，吟诵着千年窑火的传承不息。

走过一个静谧的小巷口，看见一座古老的牌坊，牌坊上的字迹已经模糊不清。夕阳西下，给它镀上了一层金色的光辉。此时的十全街，显得更加宁静而祥和。我缓缓地走着，感受着这份古老与宁静。十全街无论如何变化，都无法抹去这条街骨子里的古韵。

古街漫笔

张雷

从苏州大学天赐庄校区南门出去，沿百步街南行大约百米，就到达十全街，眼前仿佛展开了《盛世滋生图》千米长卷，还原了“商贾辐辏，百货骈阗”的昌明与兴盛。街道与大学靠一条窄巷维系着，似乎是为了避开繁华与喧嚣而存留一份属于校园的宁馨。

如果说万里长江沿线的山川风物，是英国作家毛姆探析东方神秘风情的一架屏风，就苏州这座城市而言，我已把十全街当成了完美的玄关。

我试图读懂一条街。离开故土，我对这里的一切都感到陌生。街道如脉络，串连着深宅大院，喧腾着熙来攘往。背街的巷道，是城市庞大系统的毛细血管，阐发着幽微，感知着寒温。对于我来说，小巷与街道是我管窥古城的窗口。每天上完课，只要有空，我就会穿过校园，循着小巷去十全街。十全街的名胜与古迹、现代与传承，左右着我对一座城、一所学校的理解。

街道如河，行人车辆川流不息。而街道两旁古朴的宅院，积淀着凝重的色调，如同岁月长河里岿然不动的礁石，任风雨涤荡，固守着一份石质的忠贞。其实那些热闹的店面、

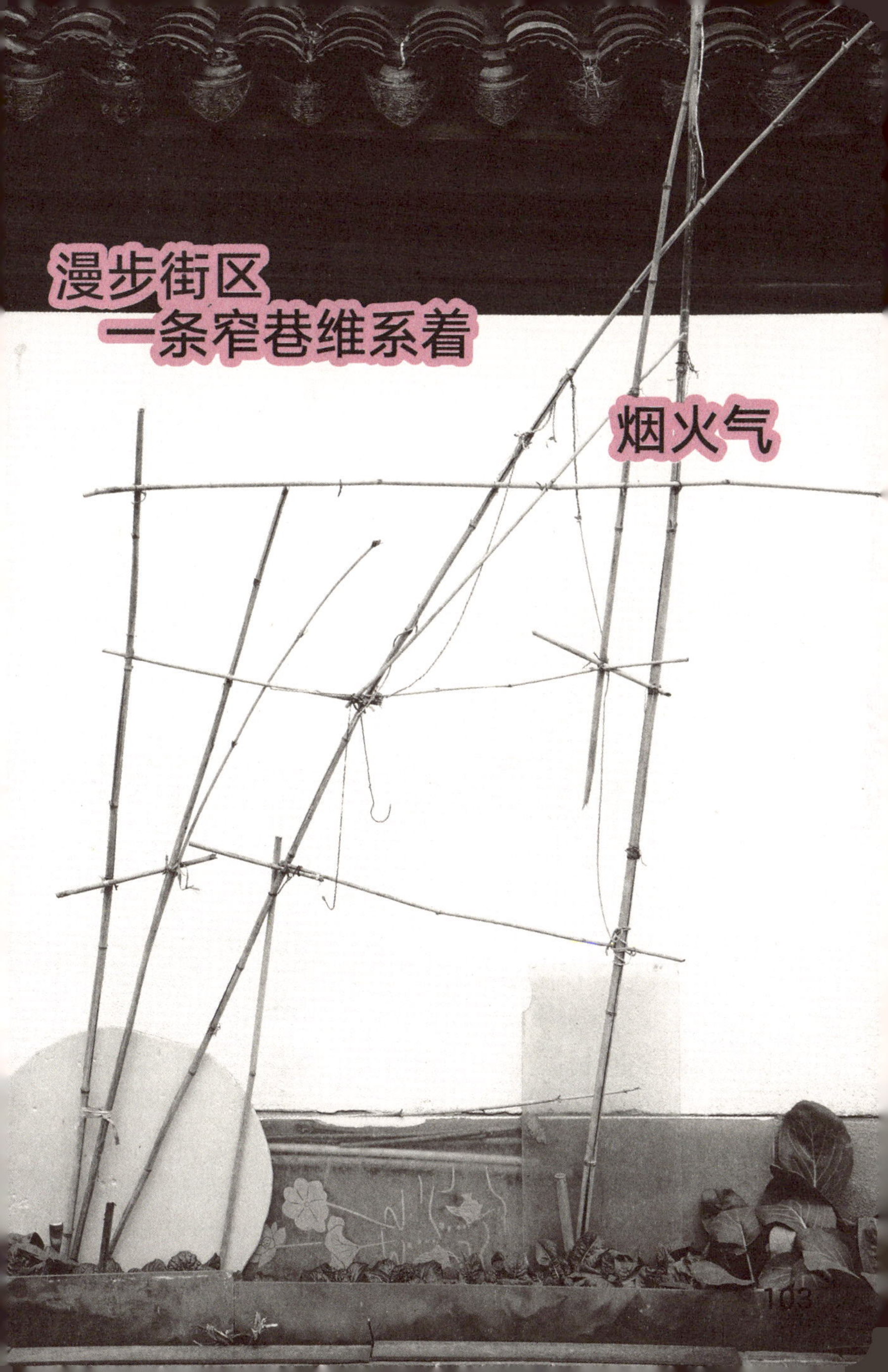
漫步街区
一条窄巷维系着
烟火气

屋脊
一架屏风
一艘巨大的船
漂在水上的城
截然不同的风景

火爆的场景与大宅园林并不违和，商业的烟火气濡染着浓郁的文艺格调，活态传承复苏了沉睡的工艺，业态的体验感漾动着老街的脉脉温情。漫步街区，每一处探访，都有着古典诗意的回应。

街区，巷道，校园，有一种秘而不宣的默契。这条街其实就是缩微版姑苏城，每一个渡口或码头，都会有枫桥夜泊的旷古余韵。沧浪亭和网师园里的山石与流水，有着宏阔辽远的气象，小小的庭院囊括着山海与星辰。每天，小巷的人们进进出出，大多是像我一样的学生，也有白发苍苍的老人和步履匆匆的中青年。凡是进入小巷的，应该就是去学校的，小巷担负着学校的南向通勤，也担负着从象牙之塔到烟火人间的通勤。

谁说江南的雨无骨？缠缠绵绵的雨，洗刷着素洁粉墙与古朴黑瓦，绵柔了大街小巷。街道与梧桐，在一张濡湿的宣纸上隐现。唯有那屋脊，被雨水冲洗得乌黑发亮，就那么空灵灵地悬置着，渐渐凝成古街丹青图卷之中那一抹铮铮的风骨。风住了，雨停了，路灯亮了，万点华灯浮游在流水之上，闪烁在夜色之中。路上的行人多了起来，如同行走于千年的卷轴，每一个人都是在穿越，水榭楼台、评弹吟唱如在梦境。商铺的巨幅落地玻璃纤尘不染，室内灯火通明，陈列的商品琳琅满目，精致的衣装闪耀或古典或现代的光泽。此刻的灯火让我想起夏夜遥不可及的星空银河。

十全街的四季变换着景致，大学四年竟然未真正读懂，只记得梧桐的四季更迭，以及步道依傍着河流伸展。水陆平行，河街相邻，恍然觉得这是一座漂在水上的城，街道就是一艘巨大的船。河水微微漾动着涟漪，脚下的石阶与岸上的步道也在晃荡着，像是要解缆远航，又像是要移舟泊岸。这座城向陆路旅人展示的是一种面貌，向水上来客展示的又是另一种面貌。

姑苏的长情，一定是藏在老街中，隐在小巷里。拐过街角，来到喧闹的背后，就会看到截然不同的风景。石桥，石碑，门楼，花窗，飞檐，古老街区的黑与白、动与静、快与慢，如同草书渐变的章法，在交融碰撞中把握住烟火气与品质感的平衡，蕴含着圆融通透的哲理和包容创新的智慧。这样的学问，跨越了校园与课堂，值得用一生去体味。

四代人心中不一样的十全街

杜澄玲

城市首先是人的城市。人因城市而成长，城市因人而繁荣。作为苏州古城区居民重要生活去处的十全街，它在我们家四代人心目中，有着不同的模样，也形成了不同的记忆。

街上曾经有一所爱国女子学校

97 岁的太奶奶曾就读于十全街上的振华女中，就是现在苏州市第十中学的前身。现在的她对于十全街的街景街貌记忆已模糊不清了，只记得上学路上她都会加快脚步，因为那时候苏州被日本人侵占，街上时不时有日本兵巡逻，同学们都不敢在街上逗留。受学校“爱国救国”“振兴中华”思想影响，毕业后的太奶奶毅然离开苏州远赴外地参军，直到 1979 年才回到苏州，居住在望星桥南堍单位分配的公房里。她说：“离家 30 年回到苏州，这里（十全街）已经发生了翻天覆地的变化。”她说当时的苏州生活节奏虽然不快，但十全街东面水道上很繁忙，货船络绎不绝，人们的生活和生产逐渐转上正道，她的母校振华女子学校也已更名为苏州市第十中学了。

这条街曾被自行车堵得水泄不通

你敢相信自行车也会堵车吗？是的，一点也没错，这是刚来苏州时爷爷的亲身经历。爷爷老家在江西，在盐城参的军，1980 年从部队转业到的苏州。在他的记忆里，十全街上到处都是自行车，每天他都会在那里堵上一会，还是那种水泄不通的堵。当时刚结婚的他住在离十全街不远的木杏新村。他每天都会路过拥堵的十全街，把儿子放到沧浪实验小学校门口后，再随着自行车车流赶着上班。爷爷笑着说："那时候的十全街上都是服装店，我和你奶奶趁着堵车的空当，会顺便看看服装店橱窗上了什么新款式，而你奶奶会研究姑娘们烫了什么时髦头发。""岂不是十全街在你们那时候已显现它'网红街'的属性啦！"我大笑着说。"反正年轻姑娘们都喜欢去十全街买衣服烫头发的！"奶奶从厨房探出头说道。

第一次看到外国人是在十全街上

老爸是地道的"十全街人"，因为他的生活圈一直在这条街周围。老爸的启蒙教育是在十全街五龙堂幼儿园开始的。那个时候，小小的他跟着外公外婆，每天都会走过百步街到达十全街，然后从十全街东走到十全街西。他虽然有点记不清当时的街道有什么特别之处，但他非常肯定的是，街道两侧的梧桐树枝繁叶茂，像一排巨大的遮阳伞挡住了烈日。之后他就在十全街附近的沧浪实验小学校、振华中学读小学和初中。在老爸的记忆中，十全街是条了不起的街。他说："那时的十全街虽然路面没现在的宽，但却是当时城里为数不多可以走日野大巴车的街！”他兴奋地拿起手机给我百度起“日野大巴车”来。他接着说道：“你不知道吧，当时街上聚集了苏州所有的五星级酒店，像苏州饭店、南园饭店和南林饭店等，它们都会接待一些来苏投资的外宾，所以我小时候第一次看到金发碧眼的外国人就在十全街上。”除此之外，他印象特别深刻的还有十全街上的万康酱菜，小时候他经常会跟着大人去那“打酱油”，买吃粥小菜，是当时街上人气最旺的店铺。

既能满足大人探店打卡，又能让我满载而归

“难道比现在的水墨文具店还要火吗？”我有些诧异地问道。“不能类比，不是一回事儿！”老爸摸摸我的头说道：“在你眼里，十全街又是什么样子的呢？”我深思起来，努力回想着脑海中十全街的样子。与毗邻的凤凰街相比，十全街要瘦窄一些，那里的店更新换代更快一点。就拿街口的店铺来说，我发现每个学期，十全街上都会出“新”，可能是新入驻的，也有可能是老店刚翻新。想问我是怎么发现的呢？哈哈，答案就隐藏在那些不断改变颜色的墙面上。它们从最大众的大片白色变成大胆的反差色黑色，再后来陆续登场的有鲜艳的橙色、高级的大象灰、冷艳的蒂芙尼蓝，以及现在的各种绿，就像变色龙一样，随着街区的发展改变着自己的颜色，形成了十全街独特的光影和风情，也不断吸引着赶时髦追潮流的大人们。十全街上的网红店真的特别多，有一些还深受我们小朋友的喜

安静

自行车

振华女中

五龙堂幼儿园

欢，比如：巴拿拿香蕉冰激凌店、红楼果茶店、祥鑫小吃店、尚食卢记烧饼店、水墨文具店等。夏日的夜晚，我会跟着爸妈来十全街散步消食。而我的小肚子里总会为那些冰激凌啊、鸡爪子啊、奶茶啊等腾出一片地儿来。当大人们探店打卡结束，我也满载而归了，真是幸福而美好呀！

我们家四代人心中的十全街印象各不相同，正如“一百个人眼中有一百个哈姆雷特”。我相信再过几年，如果有人问我对十全街的印象，可能跟今天的又不一样了。

那么，你心中的十全街又是什么样子的呢？

“一百个人眼中
有一百个哈姆雷特

城市首先是人的城市

留乌鹊桥于心间

浮淑雨

失了乌鹊桥，十全街，嚼起来便索然无味。

我原是一块武康石，方正、苗条、纤细，灵秀剔透，没有一块石头可以与我匹敌。我点缀了星河，铺开了前路，打开了美好。

春秋时期，一轮明月，满目清辉。吴王命人将我挖掘出来，石匠在我身上打下了印记，我被打磨成光滑的长方体。我被运送至苏州古城里的葑溪河畔，乌鹊馆旁。这里河水晶莹，有几枝翠竹，数扇花窗。

我成了一座拱桥的一部分。因为在乌鹊馆边上，人们把这座桥叫作乌鹊桥。再后来，人们说，这就是那座牛郎与织女相会的鹊桥。

一梦醒来，时光到了唐朝。我面前的十全街鳞次栉比，人群熙熙攘攘。白居易站在桥顶上俯瞰风景，留下了“阖闾城碧铺秋草，乌鹊桥红带夕阳”“黄鹂巷口莺欲语，乌鹊河头冰欲销”的诗句。人们在我身上来来往往，享受太平岁月。

岁月流转，乌鹊桥从拱桥变成了能开汽车的平桥，幸运的是我作为桥基的一部分，依然留在了桥上。我听见一位叫做蒋吟秋的老先生说：“我来写个桥名吧。”你看见了吗，就是桥栏杆上那三个很好看的隶书字。

我睁开眼，已是二十一世纪，十全街焕新亮相，人行步道拓宽了，人们的脚步不再匆忙。缀满繁花的乌篷船从我底下穿过，大家都来看风景。一群小学生过来上课，听老师讲：“这是十全街上最古老的桥——乌鹊桥，距今已有两千多年的历史。它也是苏州最古老的桥！”

一阵欢呼声把我惊醒，啊，我到了未来。不知道又过去了多少年，乌鹊桥竟还保存完好，我被涂上一层“保护壳”，安然无恙地晒着太阳。路面焕然一新了，早已不是水泥地和砖块，人们也不需走路，似有什么磁力似的随意滑行。葑溪的河水如此清澈，渴了竟可以直接饮用。到了夜里十全街上人来人往，灯光却被藏起来了，闪烁的星星绽放迷人的笑脸，原来今天是七夕啊。朦胧中真的有喜鹊来架桥，一对对牛郎织女从我身上踏过，登上了鹊桥，然后向着星河飘飞而去。人间此夜，共同欣赏着这美好。

在无尽的时光里，留一座乌鹊桥在心间。

“黄鹂巷口莺欲语，
乌鹊河头冰欲销”

在十全，我又找到了

施紫涵

那口黏稠软糯，穿过春花夏雨，跨过秋风冬日，依然令人留恋，我找寻着……在十全，我又找到了。

——题记

在很小的时候住过的巷子里，我记得时常会有阿婆推着小车卖糖粥。我挑食，但偏爱这清甜的糖粥，记忆中阿婆像会魔法，让豆沙与白米亲密地依偎在一起。冬天糖粥卖得格外快，暮色降临，我攥着钱有时只能买到白粥了。我看着阿婆把粥舀起来，用小勺倒入些许白糖，我会先贪上一口，甜意瞬间淌入心底，在寒冷的冬天，全身都暖和了。

苏州的孩子啊，高兴也好，难过也罢，不管是生病还是活蹦乱跳的时候，总盼望着一口糖粥。

后来，再也没能尝到记忆中那份糖粥了。直到今天，我走到了十全街。

十全街的主街和支弄开满了店铺，有纪念品店、面包店……来自别的地方的特色美食——抹茶冰淇淋、咖喱拌饭、黄油咖椰多士……我一路吃吃逛逛。

穿过一座开满了花的桥，在一家名为“笃笃笃糖粥”的店铺门前，我驻足了。

“笃笃笃，卖糖粥，三斤蒲桃四斤壳，吃侬肉，还侬壳。”脑海中浮现起小时候就会念的童谣。

我进去点了一碗“笃笃笃糖粥”。一股熟悉的豆沙香、桂花香，冒着热气的桂花豆沙糖粥，豆沙与米依偎在一起。我用勺子轻轻拌了拌，豆沙、米粒就像星星似的与黄莹莹的桂花紧密融合。一口粥送到嘴里，清香在味蕾绽开，一瞬间与记忆中醇厚的糖粥味重合，甜津津的味道直达身体的每一个角落。

豆沙被研磨得极细，香甜可口，绵密细腻。我一口一口地往嘴里送，每一个味蕾都在享受。这是独属江南的温雅味道。我很快吃得干干净净。

我又找到了那份童年的回忆。

向窗外看去，阳光暖洋洋，我放松下来与十全街融为了一体。

巷子
桂花豆沙
清甜的糖粥
豆沙与白米
主街和支弄

“笃笃笃，
卖糖粥，

三斤蒲桃四斤壳”

格辰光
开得是
真真好
ZAO
MENG
KONG
JIAN
走走走
摸摸摸
小桥流水

第五章

甘池

陈铁

一

早上六至八点光景，通常是十全街甘池井台上最热闹时候。这天也不例外，但是井台上忙碌的街坊们发现窨井排水越来越慢，到后来水积在脚边不动了。

井台边的窨井一堵塞，对习惯使用冬暖夏凉井水的街坊来说，极不方便。洗过衣服的肥皂水、淘米洗菜水积延在井台上，顿时限止了大家的手脚，一个个从井台上退出来。然而更不妙的事情接着发生，因为淤塞，有龌龊水顺井台井壁滴回到井里。

听到外面吵吵嚷嚷，居住在井台边的程景泓、常宝娟老俩口第一时间出来。程景泓找来一根细铁棍，疏通起窨井盖上的积水，然而疏通好一阵，积水还是纹丝不动。程景泓喘气叹道：“恐怕非得请人疏通了！”

常宝娟一听马上不乐意：“请人——岂不要花钱，这钱谁出？”

井台上的积水一直排不出，大家心里凉凉，眼看再不能使用井水，便开始撤退，一时甘池少了平时的热闹。

看着一个个离去的背影，常宝娟不满：“看看，平时一个个用啊用拼命用，现在都是屁也没一个了！”

程景泓低声数落：“就你话多，总归会有办法！”

常宝娟嘴上不饶人：“你的办法多，那你赶紧想——”她冷眼扫过大家，看着一池积水沮丧道：“老井老了，干脆封停不用算了！”脱口而出的这一句其实吐露出了心里话，这些年井台上的喧哗，让她神经衰弱已多年。

忽然间甘池罢工，牵动大家心。说过气话的常宝娟，无奈之际拉上程景泓找到社区。社区主任程洪国办事讲效率，一个电话就联系了维修人员来作业。程景泓、常宝娟老两口后来知道，得益于街巷焕新添韵计划，这次正赶上“井圈慢生活”行动。

二

话说甘池比十全街上每位街坊年纪都大，它的凿造年代已无确切记载。从史书上了解到，这街原来叫作十泉街的，相传街上有古井十口，或者还有更多。街因泉兴，泉因街名，甘池是其中样式最美、保留最完好的一口古井。不过，大家还是揣测，古井命名不带“井”，也没“泉”字，却何以称“甘池”？古井六角，井台四方，井圈古朴，比之其他古井井台井圈明显大一圈。“甘池”二字由上而下凿刻在青石材质的井圈上。

许多年来，甘池井水涓涓然、晶晶然，因为井水清甜，就有了附会，这个“甘”缘于甘池之水甜吧，远近慕名而来的街坊始终甚多。有意思的是，井台旁有棵大枣树，每年夏季树上挂果特别多，大甜脆嫩，街坊们觉得完全是因为甘池好水的滋养！

第二天一早，井台上来了两个年轻人。与以往相比，他们带来的工具大不同。在街坊们看稀奇时，只见一个年轻小伙将探测设备放进掀开的窨井里面，这一边另一个小伙已打开操作台，操作台的显示屏幕上即时显示出地下的推进情况。

常宝娟禁不住啧啧赞叹：“真像拍X光啊！”

话音刚落，屏幕上显示找到了堵塞源。原本举着探测仪的小伙返身换上机器人操作杆。街坊们凑在屏幕前，只见屏幕上的机器人操作杆开始一寸一寸向前推进，一边向前移动，一边上下前后搅动。等靠近堵塞点，按动操作台上另一个按钮，前端的操作杆频率骤然加快，淤积的污水终于开始缓缓流动了。

三

平地凿井，地下涌泉。程景泓从小生活在古城里，街巷里的古井有单井双眼，也有三“品”四连，井栏圈形状也多不同，方、圆、四角、六角和八角……小时候，他听祖父说，每一口古井后面都连着一个德善的传说或故事。得子、及第、高寿，都会成为老街坊挖井来感恩上苍、发愿行善、造福邻里的理由。时光荏苒，当年的掘井人虽早已作古，一口口古井却把他们行善好义的朴素心愿流传下来。

甘池下水道疏通之后，探井修复、阴沟清淤、井壁修缮、截流控污、井圈维护，一件件事情做下来，井栏圈周边环境大大改善。令程景泓、常宝娟老两口满意的是，给大枣树新砌了一个大花坛，花坛两侧用防腐木新增了一高一低两处立体花架，原本零乱摆放在地面的花草，由下而上一一摆好，顿时成了一道风景。

甘池井台旁出现了一块木栅栏，上面挂了几块牌子，分别写着“甘池古井”“古井公约”，还有古井编号。其中一个标语牌让常宝娟最为满意，上面写着：“请勿大声喧哗，影响附近居民正常生活。”

“井圈慢生活”带给了街坊们不一样的悠闲生活。井台上不再只是洗洗刷刷，还多了早上的邻里井台共话，傍晚的家人围井纳凉，甚至有金发碧眼的外国游客。程景泓乐道：“这是出了钱，也享受不到的新生活！”

一群孩子的到来打破了甘池白日里的宁静，他们拿着一张十全街手绘寻宝图来寻宝，这是老师布置的一份特殊的作业。

一头大汗的学生们找寻到了甘池和大枣树两“宝”，兴奋地在井台上追逐。枝头上的大白枣沉甸甸垂挂，吸引了他们，有顽皮的爬上花坛摘下几粒，直接投进嘴里，眉开眼笑叫起：“甜的，真甜！”

看着这一群天真无邪的孩子，程景泓、常宝娟取来竹竿，和他们一起打枣子。两位银发老者左右挥舞竹竿，一群学生娃蹦跳欢笑拾捡，大枣树下，井台内外，老少同乐，笑语盈盈。

程洪国路过甘池，看到这一幕，本想上去参加，最终没动脚步。他久久站着，让这一幅老少逸情同乐图深深地刻在脑海中。

情系索尔维

戴颖

有些人活着，他已经死了，有些人死了，还不让人好好活，物理学家中，牛顿留下了微积分，奥本海默留下了原子弹，而沈先生留下了一位夫人。

1982年 美国

四十年前的西装穿在身上还是那么熨帖。沈先生是吃煞不壮的体质，身材数十年如一日，忠贞不二地还原着少年时光。

他当然不是置不起新西装——刚过而立之年就捧回华人第一尊诺贝尔奖，曾经的落魄卑微都成了“天将降大任”，他早早就定格成来日被子孙供奉膜拜的喜神图——只是，“现在的料子不知怎么了，总归不适意，好像还是老底子的舒服”。沈先生对着穿衣镜反复比量。

“新衣裳多穿两次一样服帖的。去‘华山论剑’，还是别穿这么旧的衣裳吧。”沈太太何婉莹在一旁轻声说着俏皮话。衣不如新，人不如故，老爷子一辈子新潮，可现今……

沈先生忽觉她这是话里有话。近来自己好像真的老了，向来嫌苏帮菜甜，却突然想吃桂花栗子羹。大动干戈找全材料，叫刘妈做一碗来尝，兴头上来，回忆起滚绣坊老宅子里的木樨树，引得白发老佣也发起少女娇痴，“格辰光开得是真真好！伲小姐放了假，就欢喜搭隔壁顾家二小姐一道，来讨了木樨花回去烧栗子羹，坐在阳台浪帮少爷倷一边吃，一边讲什么哲学、科学，一讲讲到半夜。倷嗰异想天开，只有小姐接得牢！”刘妈是沈家的老佣人，从苏州跟到美国，始终把沈先生前头的人呼为“小姐”，倒像是陪房，对何婉莹虽是规规矩矩一口一个“太太”，婉莹总觉得跟那些物理学家叫她“Mrs. Margaret”而非“Mrs. Shen”是一个心态。

沈先生拍拍婉莹的手:“又不是官方会议，勠太费心。你最近又瘦了。”

婉莹微微有些感动，仍轻声道:“这次国内不也要来吗？你们几十年没见了！”

“嗳……”

织造署的回廊悠长
突然想吃
桂花栗子羹
十全河，
21世纪初

婉莹小他十八岁，他们的繁华与离乱于她都似前生。

2016 年 苏州

苏小姐欢喜着旗袍，九厘米的高跟鞋踩在石板路上，有金戈铁马声。

《东吴院士口述史》做到一半，她这个中文系的记者反成主力。“你也姓苏，巧嘞！”老人们无不感慨。

很少有人想得到，三位“中国的居里夫人”都来自小桥流水人家，且一条十全街就承包了两个，“还有唯一的‘中国海蒂·拉玛’呢！”网络时代，96 岁的廖仲文院士因爱看美女和 5G 冲浪走红，都说他暗恋同窗之妻一辈子，他亲自点赞并纠正“是明恋”，“抗战时她演李香君，敌人都动容！”

她叫苏沄秋，人人称她“苏小姐”，从未想过该叫“沈夫人”。

1982 年 美国

上帝掷不掷骰子，索尔维会议开了十几届也未能完全统一观点。但自 1948 年起，每个参会者都一致认同，自称“孩子生多了会数不清”的苏沄秋小姐是懂点物理的。她有个著名的论述——你确知你的爱人有一半时间不爱你，但你不知道 ta 何时不爱你，所以当你不在时，你的爱人处于两个状态叠加，即爱你和不爱你。

只有杨宗明不以为然。

他跟沈先生是东吴同学，从附中到大学，第一代物理教育家叶鸿眷先生桃李满天下，唯他俩高能物理最好，用廖仲文的话说：“两个黄油手，只能搞理论。”

对面伸来的手触目惊心！拇指骨骼变形，十指指甲全部剥落。沈先生听说过，杨宗明落难时试图以物理人的方式玉碎——将电线缠绕拇指通电。然而有个外调过来的怪人通易理，说他有副校长的命，于是他果然活了过来，且应验了。

“少君，别来无恙！”杨宗明面对犹豫不决的、纤瘦白皙的、一如既往冰凉的手，有一瞬间的迟疑，旋即引出身后的人，“你看谁来了！”

对面的人仿佛二十年后的自己，除了，身子微微往左斜——左腿有伤。

“……阿……阿哥？”这一天终于还是来了！

“沈先生客气了，”对面的许永哲毫无波澜，微微笑，如春风，“我只是来做秘书的。”

这个人是哥本哈根派掌门人 Max.B 先生的第一个中国学生，1948 年，他的表妹苏沄秋被 B 先生带进会场，角色也是秘书！

“少君兄，我谨代表学校，邀请您，”杨宗明见许永哲再无话，只得干咳一声，双手递出红艳艳的请帖，“偕夫人回校讲学。”

2018 年 苏州

古城寻“代言人”宣传文旅，苏小姐拿土布做旗袍，夜色的蓝，枪灰闪光高跟鞋恍如摩斯密码。

在层累的记忆里，沈三公子少年天才，“郎艳独绝”，与苏沄秋青梅竹马，小时候次次大考并列第一。

他体弱，继母送他入女校，织造署的回廊悠长如一生一世。“三哥教得好，他比永哲哥哥还聪明！”她永远说自己理科是他教的，哪怕后来的获奖理论都说是他提供的灵感。

八年烽烟，托身“孤岛”，上海滩只记得苏小姐左手写文右手填词，能用古音诵楚辞，用英文唱《桃花扇》，“她的美，是狄拉克方程的美，你能看见就是三生有幸！”从没人想到她是跟着“笃头笃脑，跟谁都合不来”的沈少君进东吴念大学的。

大学里的沈少君的故事，像杜甫的诗“沉郁顿挫”。

“每看一趟他的照片，就觉那仗好像再也打不完了。”网传是被人拒婚的，嫌他娘胎里有弱症，继母又要停掉他的学业。苏小姐拿出一张照片向廖仲文求证，一个少女站在红楼前，圆圆脸，圆圆身，像个洋囡囡，姓也姓杨。“就是这么个人？”

笑笑，“你跟她一样天真。所以 1942 年 3 月 12 日的义演，她以血画扇”。

那场义演轰动沦陷区，她进了 76 号，一夜之后，安然而出，众说纷纭。

“反正叶先生认了她做寄名女儿，我们一生的学术有了缪斯！”

叶先生抗战时为后方输送无线电材料，他有个重要搭档，许永哲，潜伏敌方工厂做工程师，重重网罗下两人从未失手，不无，红颜之故。

“但我们主编的爷爷是博习医院医师，日记写她那年 7 月左膝骨折，新伤，似老虎凳弄的。”

“后来，她再也不能登台。也终于再不找他讲话。”

1973 年 香港

廖仲文只想见沈少君，来早了，在酒店大堂撞见他正催

江蘇省蘇州第十中學

一个洋囡囡似的小妇人——卤水里腌过的那种——办入住，像一个寻常的权威的丈夫。

当年叶先生保下他的学业，留学到美国，他却做了工程师，而她在哈佛的图书馆研究甲骨文。山水本已无相逢，偏B先生走出索尔维会场，长长叹息，“再也遇不到第二个学生有你哥哥的理论天赋！”于是百转千回，她让他知道了规范场还可以那样去构建，并且，放弃署名。

那是一个绝不输于相对论的构思！

从此他是沈先生。

而且是，苏小姐的沈先生。有了她，父亲都改口百年后与他生母合葬。

很快她就病了，数次抢救。他特意请了个秘书，说帮她摆脱俗务，但病情只有更糟，甚至争吵连绵，最后只以书信讲“必要事”。领完奖的第二天，她就永远离开了。

何婉莹就是那个秘书。

廖仲文一句也不想跟这个人再提沄秋，只谈叶先生刚去世，“先生生前神志不清，总以为是抗战最后两年吃不饱饭，常问人要钱，说给学生买吃的。”

当夜暴雨如注，房间里忽然断电，沈先生试图查看，婉莹紧紧揪住他衣服，“当心触电。女儿在等我们回去呢！”

回去后沈先生第一时间开保险箱检查沄秋的手稿，已全部消失，仿佛黄粱一梦。

2024年 苏州

十全街焕新颜，沈家老宅也要翻新做纪念馆。1982年“华山论剑”回去，沈先生就病倒了，没几个月与世长辞。

采访向来称婉莹为“何老师”，但渐渐她脸色越来越难看。

“哪恁呢，手稿全在她手里！只好想,叫太太,or夫人？”

“哈！这也算个问题？！她最晓得沄秋一碰毒藤就昏迷，倒不晓得沄秋从没跟他结过婚？”廖仲文冷笑一声。

大家都晓得，就如晓得沄秋究竟为何病，但都没说。

“也没人问啊。”

嗯，这很物理。

“等等！”忽然直视起老人的眼睛，“沄秋小姐没死，只是‘离开了’，对吗？”

百岁已过，没有任何事可以让他惊讶，只轻轻抬手比了个“嘘”，“A secret makes woman woman。”

刻刀

周湧

三十年前，李夔在十全街上留下了他一套镂金石的刻刀，和一堆名贵或普通的印石料，还有老屋角角落落杂乱的朱砂印泥、篆刻帖，以及他喜欢的几方印章后，就撒手而去了。

李夔家可谓世代居住在葑溪畔的十全街上。李夔儿时就听他阿爹说：十全街原来叫作“十泉街”，四里多长的街上有十眼古井。我们李家擅长金石，也可说是这条街上的金石世家了。

可到了李夔这代，拿他阿爹的话来说，叫“生不逢时”。李夔虽然出生在十全街上，可是，他从小就不知道苏州有一条叫“十全街”的街。他懂事起，只知道家门口的路叫作“友谊路”。1972年春李夔进小学时，打小就跟着阿爹阿婆过日子的他，独自一人，沿着家门口的法国梧桐小路，走几十步，到“红卫小学”上学。

李夔进小学那阵子，学校流行刻纸。这刻刻画画的活李夔可谓是“内行”了。在他会说话时，原本当教师的父母就被迫下放安徽农村了。但阿爹舍不得他，硬是把他留在了苏州。李夔的阿爹个头细长，不善说话，但是假如偶尔听他冒出一句话的话，总是那么尖刻，犀利，准确。儿子被下放后，这位老人的话更少了，整日拿

葑門横街
FENG MEN HENG JI
“十泉街”
“友谊路”
红卫小学

着一把刻刀，在家里那间金石书房里篆刻，镂石。有时他刻着刻着会眼花，也会落泪。

李夔从小没有学会哭闹，有耐心，没事就围在他阿爹的书桌边，看他刻章，雕石，绘画，练习书法。阿爹看他有教，每每教授他几招，还不时教导他：要从小练好图画、书法，这是学金石的基础。另外，小团学金石练腕力和臂力也特别重要。阿爹为了帮助孙儿李夔练体力，还特意将家里梁上的吊环换了绳子，还降到了李夔适宜的高度。

李夔这人怪，一点都不满足在薄薄的纸上做文章，当别的同学忙于刻纸时，他却专注于刻橡皮图章和捏橡皮泥玩偶了。

李夔送给同学的第一枚橡皮图章是用小篆刻写的“王凯之印”。

王凯也住在友谊路上。王家原本是一个大户人家，家里还私藏了几方上好的古印。李

星造桥局部

20 世纪 90 年代

夔听说这消息后，想借王凯家的几方私印，让他阿爹鉴赏一下。

王凯胆大，果然从家里拿了两方私印，到住在网师园北门西侧一点的李家，给了李夔阿爹看。

李阿爹老两口，常年守在老房的最后一进私房里，刻章，喝茶，种花，忙家务，很少出门。当他们看见等在路口的李夔带着同学，走近凌霄花爬满屋顶的小庭院时，就立刻拿起老花镜起身。等李夔进门后，王凯招呼了二老，便随着李阿爹一起，走进了书房。关起书房门，李阿爹便仔细观看王凯家的这两方古印。他边看边啧啧称好，嘴上还不由自主地说着："格块是浙江咯青田鸡血石，血纹好，是上品！格块好像是昌化咯鸡血石，尚好，刻工也是上佳！吾看昌化咯一块有点像伲李家咯传统刀法，看来伲两家人家前世里还是有缘咯。"

网师园和李家比邻，园林里的藤蔓常爬上李家的屋顶，为此，李家几乎每年都要和网师园去交涉。那一年，网师园的领导专门上他家观看，一看这三进老房不错，于是开口说："老李，我们也别每年打交道了，干脆我向上级打报告，把你家和前面两进的公房全部买下来，用于我们的办公房，你看怎样啊？"这事李家说好商量，条件是不离开十全街，面积要比现在的大。

说来也巧，等李夔高中毕业正式被招进网师园时，被分配在网师园花工这个岗位上，从此，“神奇”地解决了与李家的“藤蔓纠葛”。

网师园招了李夔，不但解决了藤蔓纠葛，也解决了园林里两人一班的值夜班之难。李夔自愿长期为园林值夜班。

可是，好事不长，几年过后，网师园值夜班的问题又成了园林领导头痛的问题了。这问题就是李夔病了，而且初诊还病得不轻，是骨癌。那年全民医保尚未推行，局领导为了保住李夔那条患癌的腿，在局里发了通知，号召职工为他捐款医治。

然而，经过南京、苏州几家医院会诊，意见都是“切腿保命”。万般无奈之下，李夔母亲从安徽赶回苏州，在手术同意书上签下了字。

李夔少了一条腿，起初王凯常去看望他，想帮助他干些什么。但是，李夔这人闲不下来，不是在刻章，就是在院子里磨刻刀。而一度在家照顾他的母亲，从来没有把他当成残疾人看，总是敦促他别忘了为他捐款的那些同仁，每人刻一枚章，以报答他们。

李夔复查时，医生说未发现癌细胞扩散转移的现象，假如熬过五年生存期，就有长期生存的可能。可惜，这种好事没有轮到他，可怕的骨癌还是扩散了。当王凯得知李夔骨癌已转移的消息后，就算是经过李夔家门口，也不敢轻易进他家的门，只是悄悄躲在李夔家马路对面的法国梧桐树后，看着李夔不愿意消沉下去的背影，在两根拐杖的支撑下，颤悠悠地在家门口和天井里晃动着。

王凯一直想再去寻找李夔那个拄着腋杖的背影。可是，等啊等，直等到空荡荡的李家老屋，只剩下盛开的凌霄花时，终究还是没有发现那个身影。

2024年6月的一个早上，王凯在早已拆迁改造好的十全街李夔老宅方位处，那标注493号“玉语凡音”的玉雕店铺内的一个角落里发现了几把刻刀。这好像是李夔以前用过的几把刻刀，或许是他用自己最后的余力，磨好之后藏于街角某处。然后，恰巧被玉语凡音的叶大师发现，他接下这世代传承的手艺，挥着刻刀，继续刻下坚石上的传奇故事。

fufu
land

十葉
抹茶專門店
742
12

十全古树

胡潇元

我经过繁华陨落，也见过执着圆满。但我更爱你所爱的人间，愿你所愿的笑颜。人间最喜，是“十全”。

——题记

一

那一年，我还是一棵小树，落脚在“十泉”街——那是条又窄又长的青石板小路。每天早上，开张的店主们利索地折起木门板，他们响亮的吆喝和车轱辘碾过青石板的“咔咔”声混在一起，分外动人。不远处，庄严而静谧的罗汉院双塔顶上，檐角的悬铃被风轻轻扫过，叮当脆响。

比这铃声更脆的，是一个孩子的笑声。他头上戴着束发嵌宝紫金冠，齐眉勒着二龙抢珠金抹额，身穿二色金百蝶穿花大红箭袖，束着五彩丝攒花结长穗宫绦，脚踏青缎粉底小朝靴，紧紧攥着“美人”风筝的线。却不料，手一松，那风筝竟飘飘摇摇，挂到了我的枝叶上。他愣了一下，在树下不停地跳，想去够那风筝，却又

似乎徒劳。他终于筋疲力尽，只能不服气地捶了我一下，耷拉着小脑袋跑远了。我模模糊糊望见他跑进一处高宅大院，门楣处有“织造”字样。那门第金碧辉煌，达官贵人进进出出。还有那明黄的仪仗，前呼后拥，一整条街都挤不下。

然而，若干年后的一天，织造府惯常闪耀的金色，忽然被银色包围得水泄不通——那是士兵盔甲和刀戈的闪光。那些平日里红光满面的人们不见了，唯有一群被押解出来的囚徒，慌里慌张，蓬头垢面。人群里有那个孩子的身影，大红的箭袖，褪成赭色。

那天，“十泉”街的生机勃勃和天真无邪突然都不见了。我觉得自己的枝叶变得沉重起来，重到我抬不起冠，我想我还是睡会儿吧。

二

不知不觉间醒来，我发现自己已经成了一棵大树。我正细细打量自己的粗枝茂叶时，一位老太太，轻轻靠在我的树干上，手里拿着一叠墨印未干的传单。传单上隐隐约约能看见“振华”二字。她仿佛走累了，揉了揉脚，顿了顿，又整了整皱皱的袍子，踉踉跄跄地朝前走去。

她敲开一户户人家的门，说：“这是新办的女校……”有时候，她的传单会从半开的门里被抽进去，但更多的时候，迎接她的，却是大门紧闭。

她请人合成了一幅小像。相片里，两个自己，一坐一跪。她给这幅画取了个有意思的名字，叫做“求人不如求己”。

她是心高气傲的，我想。

但心高气傲的老太太，运气却不怎么好，一年辰光，只招了五个女学生。但是，渐渐地，“女学”的名声却传开了。常日里，她依旧颤巍巍地来回穿梭在十全街。住在那条街上的女孩子们的名字，都被她记在心里。

终于，那一天，十全街张灯结彩，名流云集。学堂成立了！

她说：“三吴素号文物之区，而女学寥若晨星。肢体完善固为莫大幸福，不学无才终为社会诟病！本你的面目，尽你的量，不能像星辰灿烂，也当像荧虫的发亮！”

“振华女子两等小学堂”“振华女学”——要不是我把这些学堂名字记在叶脉里，早忘个精光了。但我还记得那些女学生们书包上的铃铛，一晃一晃，是老校长亲手别上的。老校长说，这有特别的寓意：“做人，要响当当’。”

后来呢，那来之不易的意气风发好像并不长久。战争接踵而至，这条街又褪成了灰色。炮火的轰鸣，士兵的嘶喊，失怙孩子们的哭泣……我觉得这战争消磨了我的生机，困意渐渐袭来，我又沉睡了。

三

我是一株古木。这次，我是被吵醒的。我正要气愤地抖抖树枝，却愣住了：青石板的街消失了，平整的柏油路，五彩斑斓的路口行道；远处的清代几何形建筑已不见踪影；

近处的商铺里，倒是依旧人头攒动。人，没有愁眉苦脸的颓丧，是神清气爽的人，就连他们怀中抱着的小狗，也在古灵精怪地吐着舌头；空气中早已没有记忆里的硝烟，从未感受过的味道却充斥着，一层叠加一层，一浪盖过一浪。

小鸟落在我的枝头，告诉我，甜丝丝的是蛋糕和冰激凌，呛人的是汽油，但也有可能，是“舶来”的胡椒或者咖喱。

我的脑袋“嗡”的一下，刚想把这些新名词刻在我的叶脉时，却被一阵学堂铃打断了。我循声望去，啊，织造府竟然还在！但那朱红的大门里，竟然呼啦啦涌出一群学生。他们神清骨秀，迈着从容的步伐。这气派，我有多久没见过了？有一百年了么？有了吧。

那群学生叽叽喳喳，和着他们书包上的铃铛声，十足就是我枝头蹦来蹦去的小麻雀。他们走近我身旁——那里已经成了一个站台。等车的时候，他们便摊开书来看。

我探身去看那书页，那上面有一幅插画。画里的男孩，戴着束发嵌宝紫金冠，齐眉勒着二龙抢珠金抹额，身穿二色金百蝶穿花大红箭袖，束着五彩丝攒花结长穗宫绦，脚踏青缎粉底小朝靴。

车到站了，掀起一阵微风，划过扉页，上书：“批阅十载，增删五次。”

我忽然感觉背后有点痒。不知哪家调皮的孩子，又不小心，把风筝挂在了我枝头。

哎？我为什么要说“又”？

一阵恍惚，我模模糊糊想起，很久很久以前，这里好像也挂过一个风筝。我急忙低头去寻那小孩儿——不是那小孩儿，却依稀是他的模样，目光似剑，顾盼生辉。

那褪去的色彩
是悠久的记忆
那张遥远的笑脸
一如往昔

曾与你一同描绘的梦想
在心灵的叶脉上
依然栩栩如昨
曾被你轻轻背靠的温暖
依然涌淌

追溯往日
捡拾散落脑海的词句
时光在苒经年
世间沧海变桑田
却发现你
依然陪在这

无尽夏

刘柳彤

我记忆里的夏天是不会褪色的。

我跟爸妈住在十全街上，每天早晨从街尾出发去三元坊地铁站，赶着最早的一班地铁上学。十全街，我和家人、小狗来来回回走了无数次。她住在我家隔壁，我们俩是一起长大的。我知道她好生伺候着一株无尽夏，就在楼下，挺不起眼的。

在所有人都熟睡了的午后，我会悄摸打开家门，和她对视后匿笑着一同下楼。一直鼓捣到下午，太阳循着亘古不变的路途正越来越大，也越来越红，我看见她的小半边侧脸被映得红红的，她的眉眼也被渲染得很柔和。

我折了一支树枝左右拍打，驱赶着围绕在我们身边的小飞虫，但还是落得满手满腿的红包。

她喜好陶艺，总会招呼我到她家里，教我拉坯，每回我都掌握不好力道，将坯弄得歪七扭八的，还溅得满脸满身都是泥点子。

我们身后，阳光在那儿

社交感的街道 都市化的小剧场

慢慢地淡薄，一缕灿烂的红光一步步爬上墙，爬上楼顶；那苍黑的古柏镇静地矗立在窗外，宛如慈爱的老者注视着我们，两个女孩嬉笑着、争吵，又重归于好。一个又一个夏天过去，鲜明的绿色逐渐成了青春的代名词。

之后我们考上了不同的高中，高考后又各奔东西。她选择留在本市，而我决定北漂打拼。那株无尽夏冒出来的可怜的小芽没能扛得过寒冬。

在和母亲通电话时，我了解到：主街沥青路面翻新了，靠南的人行道扩大了，甚至把道板砖换成了渗水性更强的透水砖。

“逛街再也不用紧盯着路面了，更悠哉了哇。”母亲乐呵呵的，笑得见牙不见眼。

我回想了一下之前上学时常走的坑洼不平、破损严重的道路，下雨时还积水严重，走到地铁站时往往裤腿那一片都湿漉漉的，黏在小腿上难受极了。现在肯定是有所改变了。一想到这儿，我的眉目都不由自主地舒朗开来。

我趁着“十一”国庆假期回了趟苏州。

十全街确实是大变样了。有社交感的街道，越来越都市化的小剧场。街坊临河而筑，粉墙黛瓦，古色古香；居民依水而居，前街后河，一砖一瓦间，散发着千载历史文化的魅力；短短两千多米竟架起砖桥、吴衙桥、星造桥、带城桥、船场桥、乌鹊桥、福民桥、帝赐莲桥八座古桥；有不断涌现的网红餐厅、时髦小店，也有经营了几十年的同得兴、老苏州等“老字号”；街边还种上了一排的无尽夏。旧树、新花、缓慢流淌着的十全河，宛如一幅双面绣，新式的美背后是绵绵的古韵。

风吹树叶沙沙作响，偶尔传来几声鸟鸣狗吠，行人的谈笑，谱成富有烟火气的诗篇。

母亲给我发来个地址，要我一定去看看。

我跟着导航走，左拐右拐进了一个小巷子，见着一家陶艺体验店。店门口种着一排颜色各异的无尽夏，被低矮的木栅栏围住了。透过那扇落地窗，可以窥见一个梳着单侧麻花辫的、跟我一般大的姑娘系着围裙在拉坯。

我凝视着她的侧脸，愈发觉得熟悉。于是我推门走了进去。

果然是她。

她温和地抬起头，笑意在脸上荡漾开来："阿姨说你今天会来，我还不信呢。”

“我妈又不会骗人，”我拉开她对面的椅子坐下，“她什么性格你还不知道吗？”

她重新取出一团泥，放在拉坯机上，问道：“怎么样，要来试试吗？”我摆摆手拒绝了。

“怎么突然想着要来开陶艺体验店了？我记得你上大学那会儿学的是设计啊。”半晌，我问。

“闷得慌，这样舒服点。”她一面转动着拉坯机，一面回答。

“挺好的。”我笑道。

“是啊。”她也笑了。

我从她那儿出来的时候已经是黄昏了。我婉拒了她“留下来吃晚饭”的邀请，沿着十全街的主路一直走。儿时记忆里的夏天逐渐清晰了起来，现在还添上了些新的色彩。

那条我走了无数次的路，时隔多年，我又走了一遍。终点便是我那永不褪色的夏天。

十全街秘语：剑影织梦

杜哲喻

在苏州古城的心脏地带，十全街静静地诉说着千年的故事，它不仅是一条繁华的商业街，更是历史与文化的交汇点。在这里，干将莫邪的铸剑传说、吴王阖闾的剑池之谜，以及吴国与越国的恩怨情仇，如同织锦般交织在一起，构成了这座城市独有的韵味。十全街不仅是历史的见证者，更是连接现实与梦的桥梁。

一、剑影初现

李晨曦，一个大学毕业后永远在换工作的年轻人，最后总算在家人重压下，于十全街旁经营一家小小的古玩修复店，做起了手艺人。说是经营，其实只是赶鸭子上架似的从他的父亲手里接过了接力棒。李晨曦的祖父曾是当地有名的古董鉴定师，临终时将一本泛黄的古籍和一柄样子普通的古剑交给了他，并告诉他："这把剑，藏着苏州最深的秘密。"

对此，李晨曦每每想起都颇有些丈二和尚摸不着头脑。直到那一日，李晨曦在修复一件古物时，不慎划破手指，鲜血滴落在一旁的古剑之上，剑身突然散发出淡淡的光芒，将他带入了一个奇异的空间——那是干将与莫邪铸剑时的场景，炉火熊熊，剑光如龙。在这里，他仿佛听到了两位铸剑师的心声，感受到了他们对匠艺的执着与对爱情的忠贞。

二、剑池寻踪

被古剑带来的奇遇所触动，李晨曦决定探寻吴王阖闾剑池的秘密。他翻阅古籍，拜访老学者，最终得知剑池不仅埋藏着阖闾的宝剑，更承载着吴国与越国之间复杂的历史纠葛。

在一个秋日的清晨，李晨曦带着对历史的敬畏之心，来到剑池所在的虎丘山。山间古木参天，泉水潺潺，他仿佛能听到千年前的金戈铁马之声。在一位老僧的指引下，他找到了剑池的入口，虽然并未发现传说中的宝剑，但却在池边意外发现了一块刻有奇异符文的石片。其实这块石板在常人看来并无异处，只是因为李晨曦自幼被祖父带着看了不少奇门遁甲的书册，对特殊的纹路较为敏感。

三、剑与人的传承

李晨曦带着这块石片回到十全街的小店后，便开始深入研究这些符文。他发现它们其实与铸剑之术有关。这些符文颇像一句句读书时在旁边做的批注，它们拼在一起，像极了一棵树。他意识到，这或许就是最原始的思维导图，一代一代铸剑师不断将自己的经验批注在上面，不断精进优化铸剑之术，才有了剑池的传奇。无论是铸剑技艺，还是吴越风华，乃至苏州这座古城的人文底蕴，都是通过一代又一代人的努力与坚持才得以传承至今。

于是，李晨曦决定将自己的小店打造成一个传承姑苏文化的平台。他邀请当地的手工艺人、学者和艺术家们来到店里，共同举办展览、讲座和工作坊，让更多人了解苏州的历史与文化，感受那份跨越千年的温暖与力量。

四、剑影织梦

随着时间的推移，李晨曦的小店逐渐成了十全街上的一道亮丽风景线。人们在这里不仅可以欣赏到精美的古玩修复作品，还能聆听关于干将莫

现实与梦的桥梁
苏州古城的心脏地带

三元坊【十全街】
P
机动车
临时停靠点

邪、吴王阖闾等历史人物的生动故事，感受那份属于苏州的独特韵味。

而李晨曦自己，也在这一过程中找到了使命与方向。他不再仅仅是一个修复古玩的手艺人，更成了一个传播苏州文化、连接过去与未来的使者。他用自己的方式，将那些沉睡在历史长河中的故事重新编织成梦，让它们在现代人的心中生根发芽。

五、十全街的守望

岁月流转，十全街依旧繁华如初，但那份属于它的独特韵味却更加浓郁。李晨曦和他的小店，就像是一盏伫立在十全街的明灯，照亮了这条古老街道的未来之路。他相信，只要有人愿意倾听、愿意传承，苏州的文化与精神就会永远闪耀在世界的东方。

而那把古剑，也早已成为他心中最宝贵的财富。每当夜深人静之时，他都会轻轻抚摸剑身，仿佛在与那些遥远的灵魂对话。他知道，自己正行走于一条伟大的传承之路上，每一步都充满了意义与价值。

COCKTAIL / WHISKY / BEER / WINE / JUICE / SOFT DRINKS / SNACKS / GOOD TIME
岁月流转
十全街依旧繁华

有吴国的印记

走走走
写写写

走进
小桥流水
的邀约

SHI
QUAN
SHI
JIAN

第六章

折纸成船

宛如一朵玫瑰

梁山伯和祝英台

一封简易的情书

伫立十全河之畔
平静水面下的激流

扫描十全河的二维码，聆听姑苏水巷里的爱之谣曲（组诗）

周维强

有美一人，清扬婉兮

若只如初见。在十全街，你着古装，唱昆曲
眼波明，黛眉轻。十全河之水化作一面铜镜
镜中的你，如临风的玉兰，望一眼
我就是那不忍离去的春风
再望一眼，即时化作痴情的春雨

说我是落魄的书生也好，说我是
不如意的举子也罢，为了能和你相见
我已顾不得打扮自己的妆容
眼中有你，心中有你
把你的容颜素描在宣纸上，把我对你的情思

写在诗行里，折纸成船
顺着十全河的水流，向东，只要你能看见
我可以成为水中的游鱼，随你而去

是的，我已无药可救，我已中毒太深
只是在人群中，多看了你一眼
一眼即是一生，一生足以铭心刻骨
月亮做的药丸，只能解我的相思
不能解我的痴恋

如果说，痴恋是一道闪电
我希望，伫立十全河之畔的你，就是那
回收闪电之人，一瞬足以让人心动
当心跳遇见心动，宛如平静水面下的激流
极力控制的是心情，按捺不住的是告白

月上柳梢头，人约黄昏后

亲爱的，让我好好看一看你的眼睛
被月光洗亮的眼神，可以装得下整条十全河的浪花
目光带电，眉目传情，那个落魄的书生
已经重新拾起了书本，那个不如意的举子
已然有了继续重考的动力

亲爱的，让我好好看一看你的秀眉
左边一弯浅浅的新月，右边一弯深深的海峡

全国重点文物保护单位
苏州织造署旧址

我乘一叶扁舟，从新月至海峡
用宋词回应你的散曲，爱，就是唱酬
在十全河的清波中，我还可以把爱
解读成一缕春风，一抹细雨
一个撑着油纸伞，轻叩柴门的月下红娘

有没有一种温柔，独属于十全河里的月光
置换天际的赞美，你站在乌鹊桥上，看我时
我已经感受到了你身体的悸动
秉烛长谈，红袖添香
你笑一下，清风明月送来鸟语花香
再笑一下，鸳鸯蝴蝶送来长情诗册

亲爱的，让我好好看一看你的容颜
宛如一朵玫瑰，绽放在爱情之树的枝头
恰似一行情诗，凝练在意象的间距
亲吻时，泪雨婆娑，拥抱时
就是姑苏水巷里的十全河，十全十美的河
你是我，我如你掌心的水滴
是的，真正的爱情，可以分男女，不能分你我

始知相忆深

真正的爱情，不需要一把锁，锁牢
也不需要太多的誓言验证，只需要，让
十全河的水流做月老，上游拉住君子的左手

下游牵住美人的右手

爱如酿酒。时间为药引，情思为食粮
攒够一生的付出，陪伴、相爱
说不完的情话就写在纸上
写不完的情书，就记在心里
在十全河边，相守一生所需要的，既不是
金银首饰、亭台楼宇
也不是你侬我侬，醉酒的情话

平平淡淡，柴米油盐，有何不可
安安静静，朴素清闲，何曾不是人间天堂
水有水的命运，人有人的情怀
在爱的光芒照耀下
酿酒的过程，就是酒曲化苦为甜的过程

已经把十全河的美景，种植在了内心
举案齐眉时，就多一些惦念
相敬如宾时，就多一份祝福
爱如花开，情如花落，花开花落的四季
十全河的碧水，见证了两颗心终老的传奇

愿得一人心，白首不分离

在十全河，我看见梁山伯和祝英台
脱下蝴蝶神话的外衣，择一隅而居，择一田而种，

云水间，写诗、作赋
书声琅琅中，素描、画画，令人艳羡的爱情
只是十全河人家中普通的一个侧影
春风荡漾，水流慢慢靠近凡俗和比喻

在十全河，董永和七仙女，成了
十全街的代言人，开起的中药铺
专售疗治单相思的中药，一味复一味
病重的，只需加大剂量即可，幸福是可以复制的
爱情的长久秘诀是可以传授的
有十全河的水，做调和剂，姑苏宁静
情爱永恒……

白蛇和许仙，从杭城而来，后裔和嫦娥
从天庭而来，居十全街，依偎着、爱着
就找到了心上的温暖
一对又一对，多像两颗相爱的纽扣
在十全街这件中式旗袍上
增添着龙凤呈祥的色彩

还有两只漂亮的花喜鹊，也在十全街
安下了家，与神仙为邻，每一天都是情人节
与喜鹊为伴，每一天都是音乐节
看一看天上的月亮，那是爱的天涯
看一看十全河里的月亮，那是情的海角
看一看眼前的佳人，相思如梦，可为浪漫姻缘

写给十全的浪漫情话（组诗）

燕双双

1

牵手走在十全街上，不怕内心里的春光乍泄
也没有仓促的车凌乱而来

亲爱的，道路两旁的梧桐树擎起爱的彩门
我们是早春荡漾的枝桠，一截挨着一截
虔诚的叶片是我们的语言，风吹
就把十全湿漉漉的时光，投进爱的目光里

不必抒情，陌生人走过也祝福我们
颤动的心跳，雨水
借用姑苏的口吻，说出我们的春天

2

度过良宵的人，也将遇见年轻的爱情
踮起脚尖触碰幸福，三元坊街角
从不曾忽视一株植物纯粹的爱情

清晨有雾的十全街，
2006 年

在植物房客里保持神秘的面纱，也揭开
72 房客背后的油盐酱醋茶

朴素爱情，就是要把 36 株植物
收进人世的户口簿里，一本书的厚度
安放每株植物内心的火花，燃烧
也是爱情的一部分，投下倒影

用拥抱的姿势，把被生活参照的幸福
呈现给追逐植物房客的跫音
告诉他们：生活就是爱，爱即青春

3

当我们坐下来，看见星星，看见月亮
宇宙万物的形象由此清晰

亲爱的，我们在彼此的目光里
拥有隐形的自私，拥有你的全部
每一张椅子，都在试图
拼凑出关于夜的一切，这不可确定的
星辰，是生活的背景图

十全街 699 号前的“椅子剧场”
敞开生活裸露的部分，爱有不同的方式
可以让我们全身心停下脚步，并坐下
个性与日常从来不曾退场
空间与距离让爱不再狭隘或抽象

此时我们正坐在相邻的椅子上
看属于我们的同一片夜幕
浪漫没有差别

4

十全街有改造的宅院，却没被改写
到面目全非的街道，十全街是画在纸上的故乡
装下了青春，也撞进了生活的口袋

装下了青春
也撞进了生

口袋

冷峭中温暖，朴素中
看见凌霄花开放，灯笼上的字
悄悄填补上日子的空缺，造访十全街的游客
错峰出现，为爱而来，要经过八座桥

从乌鹊桥到帝赐莲桥，听见一声欸乃
你心中的夙愿，不分白昼黑夜地
迷信起姑苏味道

5

这里是十全街，雨落下来无声，万物
却因此有了山野气。交叉的烟火
是人间无忧的象征。水路都通的十全街
有吴国的印记——乌鹊、升月、江风

有爱情在你的睫毛下闪烁，晶莹的
小插曲，在人家枕河边，在无数灯盏下
在十全河的俯身里，两个人的倒影
像两颗星辰碰撞，鲜花和火焰
永远不会隐身于历史的故事之中

当我们看见粉墙黛瓦里生活的耄耋老人
不谈爱情，只谈生活的十全街
去繁就简，把一切都交给时间
逐渐向寻常日子倾斜

在十全，遇见十美（组诗）

苏美晴

1

风尚列队在明清风范里，婉约的盛景出类拔萃
做旧情感的文字去摸索，一股民国风放弃成型
因为古街古道上尽是新新人类，尽是胎变的痕迹
因为十泉从画卷里献身
浸润着眼眸如饥似渴，全都是一种绰约风姿
在十全遇见十美，古风在祝祷声中
园林遁迹在诗画里，从新生到心动
每天与灯火海誓山盟
每天见证街市、烟火、乡愁
各自检验各自的身份
小桥与流水别在姑苏的胸襟
江南起底，粉墙黛瓦
光阴在此凭吊，渔火了无踪迹
余音散乱在点燃都市的霓虹里
仿佛那是唯一的灯红酒绿，清点欸乃

2

一只蝴蝶不谙世事，双脚蘸满过量的花粉
带着我一路奔向蜿蜒
临街的房屋也临水
像是把自己的倒影化为烟火的图腾
全然不顾一只蝴蝶询问的前身
一匹丝绸裹住的窈窕
以及一枚瓷韵上不断打滑的光阴
我看见织造府三个字，像一段倒回的录影带
像是大观园治愈萌发的懵懂
以相同的语调播报相遇的喜悦
交由草色去滋养，并带着蝴蝶的影子打开双翅
犹如是打开一把折扇，遮掩俏丽的面孔
而我在古桥上怎能一步一步踩下去？
光阴的丝绸就铺在脚下，我怕脚底打滑
我怕我跌倒会有一地宋词碎裂的声音

3

高地就势着心绪，十个水井十个泉眼
在十全成就了一片烟火里的事业
古色古香被鉴定，水陆并行，河街相邻
被一夜未眠的星辰链在一起
我看见古玩、字画、绣品
我看见的是古吴今韵，在目光里汇展
看见努力计算情感的潮汐，在一段评弹的唱词里

自那日起，十泉是诗眼，从古韵写起
写到新时代，修辞不够用
让风与蝉放纵蜜语，用水岸傲娇的表情
结晶为一株兰花的芷香，在我的前后

4

一盏灯翻译出昨日的影子，烙在青石上
乌鹊桥上，任凭一缕阳光的凶猛
恣意在一幅古画上透露线索
十四座桥怎么能抵挡住排闼而至的接踵?
而每一座古桥上都有炙热煎熬的双眼
让一个痴情者在桥上矗立
让水中的暗影孤独了自己
一把雨伞总是期许着细雨纷纷的场景
仿佛是十全擅于用桥拉近彼此
还有灯火轮流色彩的守候，被光景打出来
注定让一段情感从桥下的暗影流出来
化成岸上会行走的人鱼
光阴的指甲鲜亮而坚硬，从一条鱼人的身上抠去鳞片
有人为了爱，宁愿丢弃一身的铠甲
有人从此留在岸上，成为看客与风景

5

我撑桨而立，伸手把漫天窥视的星斗重新排列
网师园、沧浪亭、南园，跟着递进排比

园林早已是不用言语的表情
古木寻找光源的努力后，枝繁叶茂了多年
为前世一封简易的情书，用开枝散叶弥补
用亭台楼榭的痴情引爆自己
在光阴的心底炸开一条通往时间的隧道
我发现我一直在古今穿越
桨上被岁月包浆，桨下的流水依旧保持爱的姿势
面对美丽的世界，我已盲从
在十全设置自己的角色
更期许在园林里有一个红娘
隔墙有耳，有一个书生
听到渔婆的叫卖声，像是一种暗号
一株古木先探出古宅高墙

6

它们是紫砂、陶器、丝绸、书画、金石、碧玉、红木
是乌鹊桥、带城桥、砖桥、帝师桥……
它们是苏州饭店、南园宾馆、南林饭店
是钱塘茶人、紫藤庐、古吴绣皇、秦汉堂
它们是李根源、冯梦龙、叶圣陶名人故居
它们是姑苏，平仄分明里长满唐诗宋词
在十全的琴键上弹过后
光阴的指纹落了一地，化为一片嘘吁
它们是十全遇见十美
从梦的渡口留下搭载的痕迹，缩短梦的距离
而此刻，十全正在下雨

花开在古代的巷陌
那种期盼的相遇

雨水落在河水里、瓦当上、人心里
到处都是湿漉漉的一片
为扶摇直上，各持己见

7

因为十全，南北风味通吃
日式韩式料理，也想着与一座城的历史拔河
因为十全沿着河堤，正拉动一座城奔跑
曲径通幽里，美丽得如瓷面净素白肌
裹在苏绣的身姿，沿着水洒的花径
化做流萤，不能独醒
绵延逶迤，一点接着一点
一条游移的灯火串联成片
又朝着下一个可能的目标放大明亮
河的两岸，尽是浸染的光明
贴在最美中国的画卷里，翻阅光阴的属性
月光前来巡哨，梦呓被拍醒
但总有新梦不断续上去

8

肘下枕着水乡的地图，万千乡愁换着旗帜
一座城池不过是地图上一点
却被一条街记住了一切
流水立体起来，用十泉铭刻记忆
现在，无意加快的流速

已经化成白墙黛瓦挡住光阴的外泄
我用一壶烈酒浮出心脏
你在火焰的眼神里，我在水中
我们沿着一床河流顺势激荡
很多种答案，在十全缱绻成心旅的地图
把叠茂交给两岸去排列
雕楼画栋、飞禽走兽在不可或缺的民居
一路做旧
爱成为一种潮流

9

2004 米，慰藉的水面迎着世界最亮的车灯
鸟翅、虫吟、蛙鼓，将喧嚣的人群弹射出去
在十全十美的列传里，我才读到街与人
历史穿好一袭古墨，在水乡的画里
一种慢雅的生活，不变的志向
才是相守一生要说出的那句话

写在水面上的留言，不忍抹去
看见古风、古韵，久久地凝视
似乎有人在姑苏，在古代中国向我招手
我站起来，穿着汉服，摇着小船，奔进历史
奔进十全，沿着清明元宋……奔去
水乡的情调，汇集成一部中国史

10

一波波人潮涌回，流水载不动
整理好的心境摊开一张梦的地图
姑苏，十全，遇见十美
皆是故国山川飘坠的花絮
恰是一种爱在如水的夜空下
恰是某人停在诗歌的篱笆墙外
一滴绿露苦吟了一夜
远远看见一轮朝晖，率先涉水入江湖
恰是我从灿烂的新时代走进小桥流水的邀约
一气呵成的清润洒满嗟叹
恰是我依倚斗杓遥指，子夜的蝉时断时续
徘徊在小桥流水人家听到的十全十美
竟无人意会，一株野花开在古代的巷陌
露水滴落眉心，竟无人不关心
那种期盼的相遇

期盼
姑苏
心境

百字书

薛华强 张大鲁 等

“百字书”是大美汉字·中国文字创意设计工作坊的一项别有趣味的文字探索课题。诗人薛华强老师以一百个汉字为题创作了一百首哲理短诗，苏州大学艺术学院张大鲁教授以现代书法的形式进行了书写创作，同时在工作坊的课程教学之中，由数十位苏州大学艺术学院的学生进行了文字的创意设计，最后形成了一本别开生面的独特诗集。“百字书”生动有趣，充满自由的想象力，展示了汉字的“发展之美”、“书韵之美”、“趣味之美”、“意象之美”和“创意之美”。

大美汉字·中国文字创意设计工作坊参与全国第七届大学生艺术展演活动，荣获江苏省特等奖、全国一等奖，得到社会各界的高度认可和赞扬。

“大美汉字·百字书”与十全街的文化定位高度契合，并作为特邀作品参加了“在十全遇见爱”原创征文活动。2024 年国庆期间，“百字书”在焕然一新的十全街区以街头橱窗展的方式展出，为姑苏的秋日华章增添了一道炫彩的亮色。

百字书

Book of 100 Words

山书鞋冰数林琴叶帽荷

砖沙印绳烟扇塘柱盐戏

伞根玉帘酒夕雨碗筷钟

鱼露霜竹岛屋门窗影车

梯风井床光桥河墨花星

海水锄矛字云路石声雪

纸瀑米衣火雾棋画坛树

土虹草夜雷茶笔灯梦镜

楼名晨鸟燕信寺亭钱日

月季年神你我他天地人

河

借助于岸
把水带到了最远
这一带就是千年
同时 带向远方的
还有帆

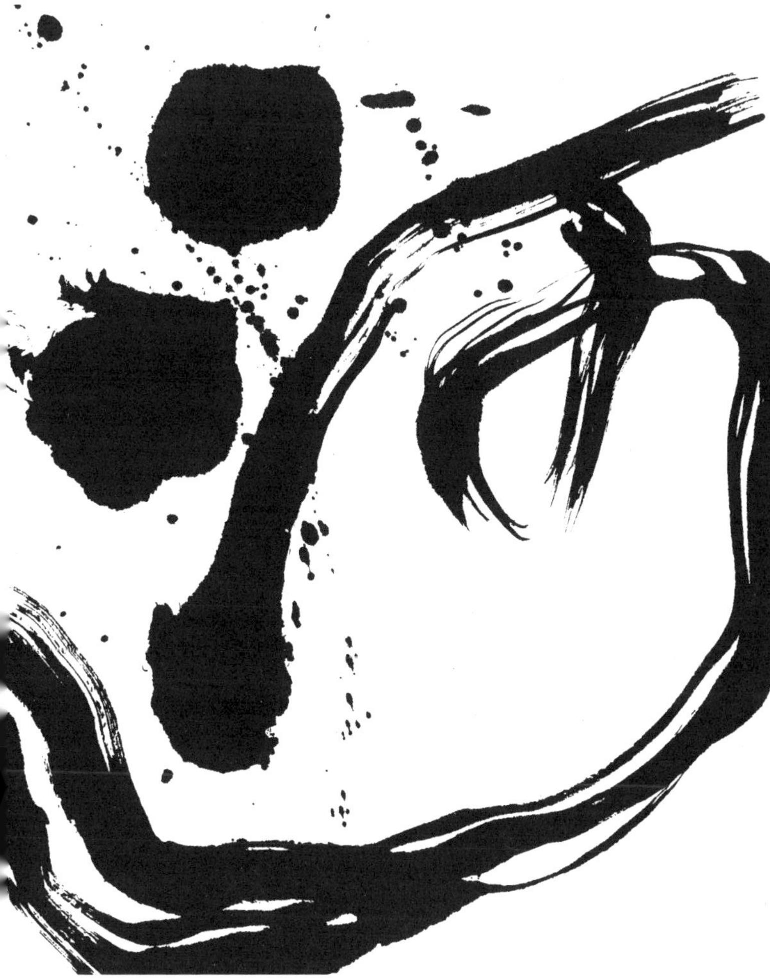

桥

它表示着
到达另一个地方的不易
它表达着
人对于彼岸的野心
但有一些桥
一直都没有建好

水

对自己的同伴
能够无限容纳
甚至不惜决堤溢岸
而同时
它又是日月星辰白云蓝天
温柔的第二故乡

路

它是一条狭长的指向
不断地被脚发现
然而
那些到不了远方的路
都成了荒芜

花

那些以各种形态绽放的颜色

是什么呢

阳明先生说

那是 花

花

雨

地面的水
以下的姿势
回到地面
四周
是以落的方式
产生的声音
这一下落
惊动天地
成了一场无法回避的
洗

雨

声

不同于眼睛看向外面
它是主动地来到耳边
成了某种陪伴
其间 总有一种静的声音
若隐若现

书

那些不好藏的东西

都藏在了书里

因此

书看起来

比纸更重

書

墨

它是黑夜
拧出的汁
却被带向
昼一般的纸

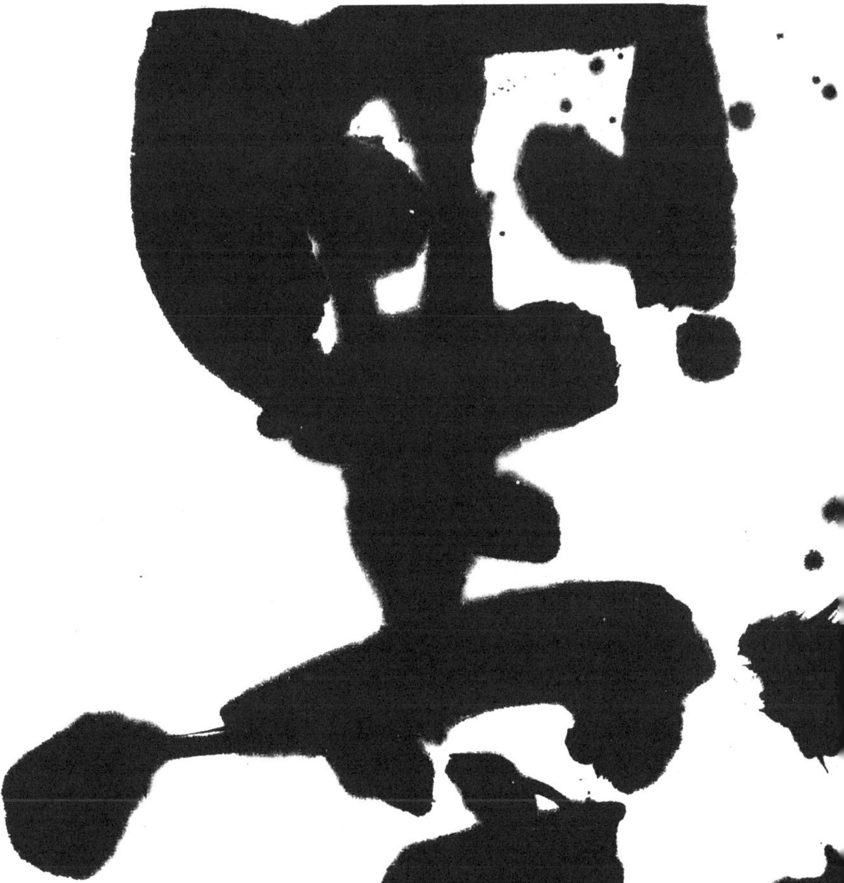

梦

为了做某种摆脱

人经常会用力过猛

甚至 压扁了

现实

烟
绳

$2NaCl + 2H_2O - H_2\uparrow + Cl_2\uparrow + 2NaOH$
根
酒

碗
露
霜

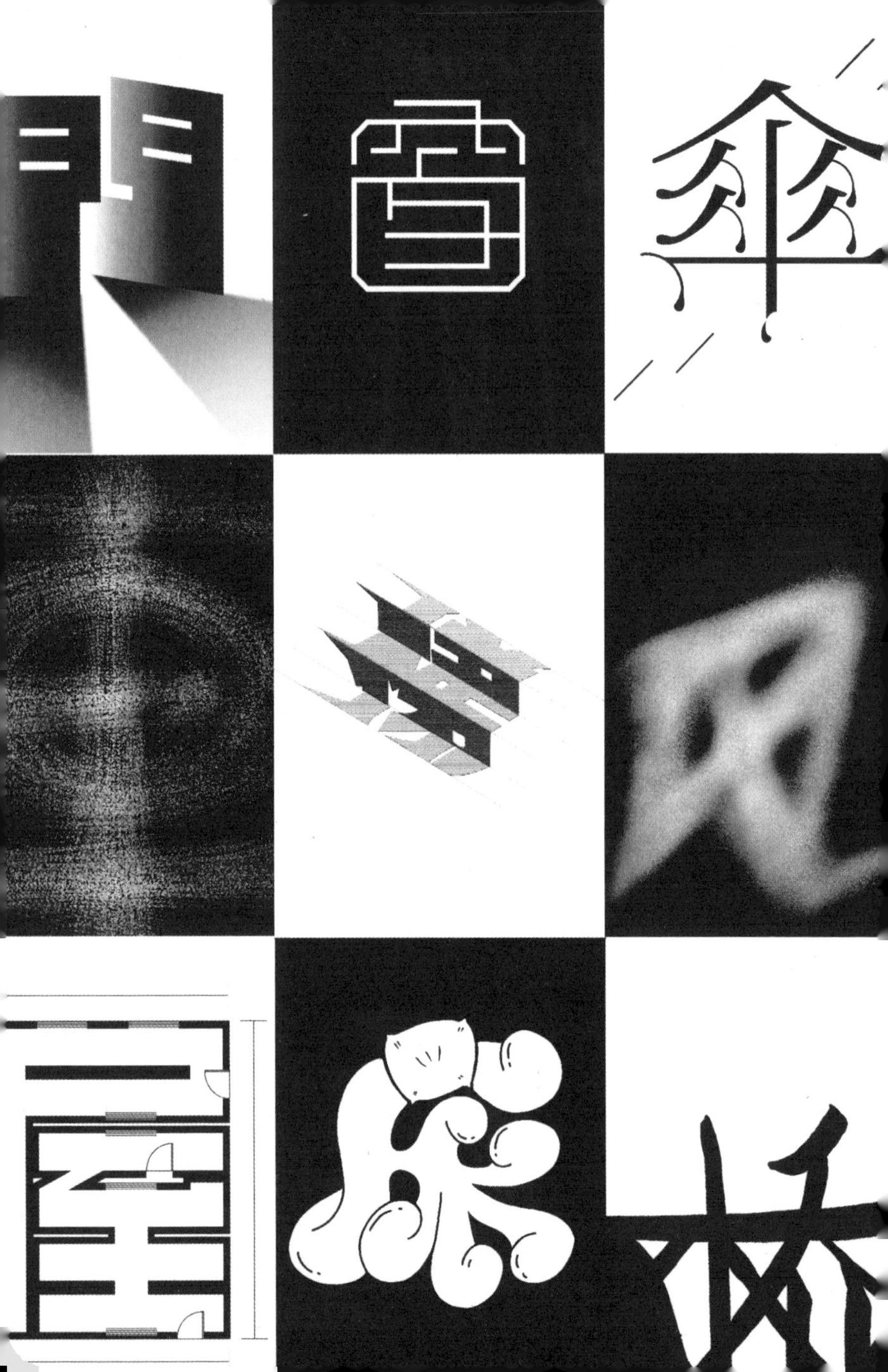

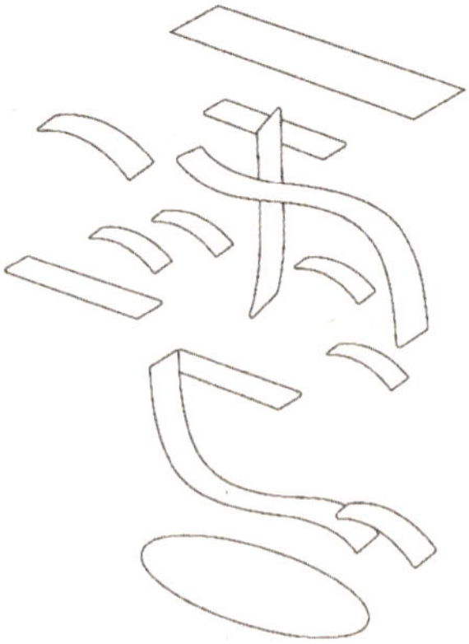

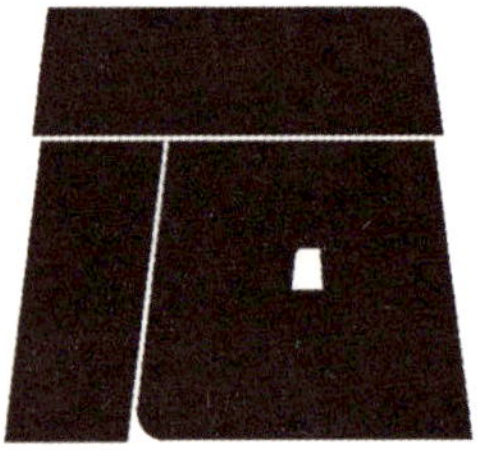

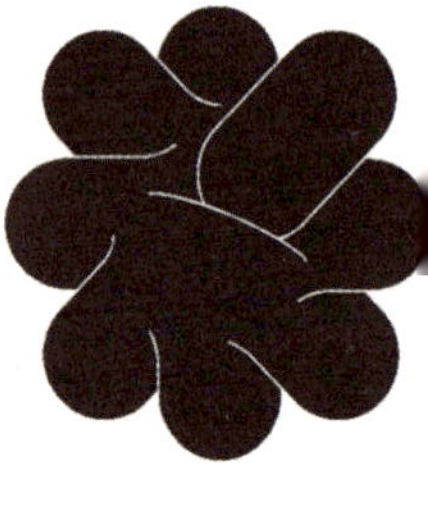

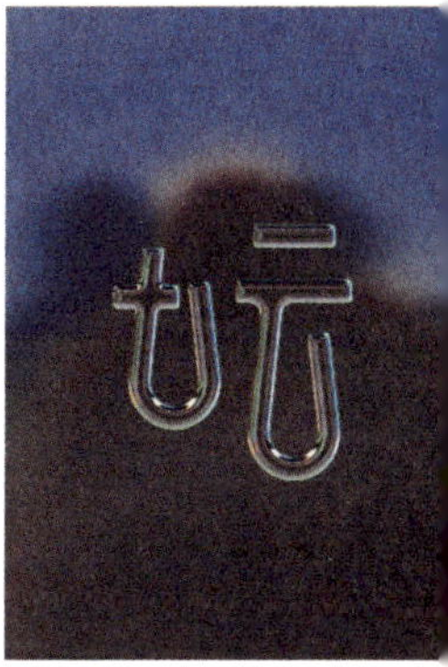

夜
梦

门
寿司
AIMA

寺
Rome

书法
张大鲁

食速食
ngshisushi
百年萬康

画
Hua

图片摄影 周仁德 倪　熊 张舫锴

插画设计 盛恒晴 范睿彤 吕　鑫

海报设计 王绿漪

书法创作 张大鲁

文字设计 飞　婧 龚　云 顾舒婧

郭彬彬 景阳蓝 李牧星

韩芷然 侯晓祎 练志霞

李铭钰 梁卓莹 刘芸芸

吕　哲 乔　帅 宋晨瑶

陶鸿宇 王炬斌 王奕鑫

吴徐阳 徐文辉 薛静菲

叶凯婷 尹广蔚 余文婷

张怀之 张嘉婷 张明烁

张远航 赵梅男 周佳妮

朱嘉黛 朱莉楠 袁浩宇

白贝尔 蒯子杰 程　鑫

杨得祺 等

图书在版编目（CIP）数据

十全“拾”美 / “十全街文集”编委会编 . -- 苏州 : 苏州大学出版社， 2025. 4（2025.6 重印）. -- ISBN 978-7-5672-5201-1

Ⅰ . I217.1

中国国家版本馆 CIP 数据核字第 20251E1K05 号

十全“拾”美

SHI QUAN “SHI” MEI

“十全街文集”编委会 编

责任编辑 肖荣

装帧设计 张大鲁 钟冰儿 姜柠立

苏州大学出版社出版发行

（地址：苏州市十梓街 1 号 邮编：215006）

苏州大成美集设计有限公司排版设计

苏州工业园区美柯乐制版印务有限责任公司印装

（地址：苏州工业园区双马街 97 号 邮编：215101）

开本 787mm×1092mm 1/32 印张 7.375 字数 149 千

2025 年 4 月第 1 版 2025 年 6 月第 2 次印刷

ISBN 978-7-5672-5201-1 定价：58.00 元

若有印装错误，本社负责调换

苏州大学出版社营销部 电话：0512-67481020

苏州大学出版社网址 http://www.sudapress.com

苏州大学出版社邮箱 sdcbs@suda.edu.cn